鮎川信夫、橋上の詩学

Ayukawa Nobuo, Poetics from the Bridge

樋口良澄
Higuchi Yoshizumi

思潮社

鮎川信夫、橋上の詩学　目次

カバー・表紙写真　上田義彦
装幀　間村俊一

鮎川信夫、橋上の詩学

はじめに

1

鮎川信夫の詩とは何か。鮎川信夫とは誰なのか。「死んだ男」や「橋上の人」といった詩が喚起する〈戦争〉と〈戦後〉。「現代詩とは何か」、「われわれの心にとって詩とは何であるか」、「詩人と民衆」、「現代詩の難解性をめぐって」という、戦後の時間の中で詩の世界を越えて多くの人をつかんだ、問いの立て方。

しかし、いま、それらを書いた鮎川信夫はどこに行ったのか。彼について論じられることは少なくなった。もはや考える必要もないほど自明な存在になってしまったのか。あるいは、グローバルな高度情報化社会の中で、提起された問題が失効してしまったのか。

たしかにいくつかのものは色褪せ、いまや失効したかもしれない。鮎川や「戦後詩」について、それを歴史的に研究することはあっても、現在に連なる言葉や思想の問題として考える時代はすぎてしまったと考えても無理はない。敗戦からもう七十年余りがすぎている。生前から戦後の詩を代表する詩人として論じられ、すでに評価が定まり歴史的存在となっている詩人。戦後の中でも、これほど多くの論考、研究がなされている詩人はそう多くはないだろう。何を、私は加えることができるのだろうか。私も十代でその詩に出会って以来、彼の言葉によって世界を見ようとしてきた。彼の言葉は世界や歴史、そしてそこに生きる人間の息づかいに真摯に向かうよう、読む者を激しく促してくれた。

しかし、何処かに謎が残った。謎は「分からなさ」とは違う。分からないことはもちろん多い。それは分からないまま残ることもあり、「分からない」という分かり方が必要なこともある。そうした事態とは異なり、謎とは、答えがあり、解き明かすことを誘うような、いや、さらに言えば、謎が仕掛けられているような、彼の言葉の位相である。

このことは、私が雑誌「現代詩手帖」の編集者として晩年の八〇年代に濃密な交流を持つことができ、それが突然の逝去によって中断されたことの残滓なのだろうか。あるいは、死後、思いもかけない事実がさまざま出てきて眼をくらまされた、私の不明の反照なのか。

少なくとも私はこの謎を解こうとして、鮎川信夫への通路を探し続けたことは確かだ。その過程でいくつかの縺れ目が解きほぐされ、見えてきたものはあった。しかし私がここで書く鮎川像は奇妙な、これまでの読解とは相当異なったものになっているのかもしれない。

しかも鮎川が亡くなって長い時間が経ち、これまで彼を論じる際に自明とされてきた前提も変わらざるをえなくなった。昭和も終わり、冷戦も終結した。彼の戦後に対する問題提起も、問い直さなければならないはずだ。その時、現在でも新たな問いを発し続けるものは何か。鮎川をいま考えることは、日本の戦争期と戦後について問い直すことに他ならない。

私はこれらの問題を考えるために、テクストの初出にあたり、ご遺族の好意により遺された日記や資料類にあたった。言うまでもなく、鮎川は、戦前・戦後を通して「荒地」の同人たちを中心とした交流によって文学的世界を形成してきた。本書は鮎川を中心とした書き方であり、一面的になっているかもしれない。戦後の詩についての実証的研究は、近年多くの成果があがっている。「荒地」の個々の同人たちの動向については、今後も多くの発見があるだろう。鮎川という一人の詩人から見た現時点での問題提起として、本書を受け止めていただければありがたい。

2

本書を通してまず考えてみたいのは、鮎川信夫の構築の構造である。〈鮎川信夫〉は筆名であり、本名は、上村《うえむら》隆一。単なる筆名であることを越えて、詩人〈鮎川信夫〉は、意識的に構築され続けた詩人格であると私は考えている。戦前にこの筆名で投稿することから、詩人は生まれた。しかし別名でも投稿し、名前によって詩風を分けていた。さらに、鮎川名を主に使用することとし、モダニズムの影響を受けて本格的に詩を書くようになった後も、父親が編集・発行していた雑誌に別名で文章を書いていた。複数の異名を持ち続けたのである。私は、この雑誌「向上之青年」、「向上之友」など四誌を確認し、鮎川の書く印象とは違って、文化総合誌としての一面を持った雑誌だという印象を持った。

戦後は、一九五八年に英語学者最所フミと結婚していたことを秘匿し、外部には単独者であることを通した。文学的に言えば、日常と〈書く私〉を切断するために、そして何より大切にした、個人であることと自由であることを確保するため、単独者〈鮎川信夫〉がつくられたのかもしれない。しかし、結果的には単独者・鮎川というもう一つの人格をつくり、それを生きることにも等しい日常を強いられることになっただろう。

もちろん、鮎川は書かれた〈私〉と現実の〈私〉は違うとしばしば強調する。それは文学テクストの位置づけとしても当然なのだが、鮎川（そして「荒地」）に頻出する「われわれ」という複数形の主体、そして自らを語る時に持ち出す「外なる私」と「内なる人」という二重性などが絡まり、鮎川の書くものを複雑化した。構築された〈私〉と現実の〈私〉、〈内〉と〈外〉の境界は曖昧で、自在に伸縮さえする。鮎川の生涯の中でも、その位相は同じではない。このことは彼の書くものを分かりにくくし、誤解を与えることもあった。

さらに、鮎川は推理小説の翻訳家や時評家でもあった。私の考えでは、そうした立場からも語りの虚構化をよく分かっており、実践していたのだと思う。鮎川が翻訳した推理小説は、コナン・ドイルやエラリー・クイーンなど多岐にわたる。特にエラリー・クイーンがバーナビー・ロス名で書いた『Xの悲劇』から『レーン最後の事件』に至る古典的なシリーズ（いずれも創元推理文庫版、鮎川訳）には、語り手そのものが作中の事実を隠蔽、捏造する推理小説王道のトリックが登場する。事実を物語化し、構成された〈リアル〉を書くことは、彼にとってはむしろ近しい世界だったろう。

時評家としての原点は、十代から父親の雑誌発行を手伝い、筆名を複数使用しながら埋め草原稿を書くという体験にあると私は考えている。雑誌への関心は持続し、晩年の日記にも、内外の雑誌を丹念に読む習慣が記されている（筆者の編集で最晩年の日記を「現代詩手帖」二〇一〇年四月号に翻刻・掲載した）。そうしたジャーナリスティックな関心から、晩年の時評家としての成功がもたらされたのだろうが、実は彼の書く戦後の詩や詩論の基底には、時評的《ジャーナリスティック》な志向があったというのが私の考えである。幼少期からメディアの現場にいたことによって、活字の世界の裏と表は、普通の書き手より知悉していた。回想によれば、父親の雑誌の関係で、検閲官と面談したり、検閲の現場の様子を聞いたりしたこともあったという。つまり、メディアの中で隠蔽しつつ表現するとか、単純に読み取られないように複数の文脈をつくっておくといった方法を鮎川は熟知していた。

このように一元的にはとらえられない詩人であっても、その啓蒙的な文章はいつも明快だった。戦後詩を主導し、詩と日本社会について啓蒙的・論争的な発言を続け、詩の世界を越えて大きな影響を与え続けた詩人。そうしたイメージにもかかわらず、彼の世界には混沌とした未明なものが残る。時に彼自身によって不明にされたものもあるだろう。それが彼の世界を深いものとし、人を魅きつける力となったのではないだろうか。

鮎川信夫とは誰か。そのことを考えるためには、構築された〈私〉と現実の〈私〉の語りに耳を澄まさなければならない。それは、鮎川の生涯の中でどのように変化したのか。特に晩年の詩、『宿恋行』（一九七八）から『難路行』（一九八七）に至る作品群は、〈私〉が主要なモチーフになっていることに留意すべきだろう（「Who I Am」や詩を止める直前の「海の変化」の「もはや、わたくし、と特定する必要はない」という、書き出しの恐ろしい一行！）。書くものが一元的でない以上、それを考えるためには、外側から時間軸で検証していくしかないと私は考えた。

3

だが鮎川の場合、〈私〉とは、戦争を体験した〈私〉である。あまりにも有名になった〈遺言執行人〉という言葉は、戦後を生きる主体の問題ではあるが、鮎川の考える〈戦争〉と〈戦後〉は、いまや根底的に問い直さなければならないだろう。

よく知られているように、鮎川にとって〈戦後〉とは、まず何よりも第一次大戦の戦後だった。ヨーロッパの第一次大戦後の荒廃の中から生まれた文学に連動しようとしながら文学的出発をとげ、一九三九（昭和十四）年に早稲田大学予科の仲間と雑誌「荒地」を創刊する。鮎川は、出発点だった〈第一次大戦の戦後〉という視点を終生手放すことはなかった、と私は考えている。鮎川が第二次大戦の戦後を語っても、その発想にはこの〈大きな戦後〉があった。つまり、彼は戦後・日本の外にいたのである。

第一次と第二次という二つの戦後、――僕たちの戦後感覚は、単に第二次大戦後に根ざすだけのものではない。僕たちの詩人としての精神は、第一次大戦後絶えず分裂と破壊を繰返してきた世界史の、幻滅的な尖端である現代意識に於て成長してきたからである。僕たちが戦前に於てすでに戦後的であったということは、第一次大戦後のヨーロッパ文学の影響によるものであろう。

（「現代詩とは何か」『荒地詩集一九五一年版』）

「戦前に於てすでに戦後的であった」という有名になった言葉は詳細に検討しなければならないが、この一九五〇年代の時点では彼の戦中作品は入手しにくく、戦前と戦後を架橋する全体像が見渡せるのは、詩集『橋上の人』（戦前の作品を集めた詩集。思潮社、一九六三）や『戦中手記』（思潮社、一九六五）を待たなければならなかった。また、初めての詩集『鮎川信夫詩集』（荒地出版社、一九五五）も「死んだ男」から始まり、戦後の作品に絞ったので、鮎川詩の中でも戦後詩の象徴としての部分が長く強調されてしまったのも仕方がないのかもしれない。

だが実は鮎川は、敗戦直後の十月に、『戦中手記』を清書した「「荒地」の蘇生」という原稿を準備し、発表しようとしていたのだ。牟礼慶子の紹介があり（『鮎川信夫からの贈りもの』思潮社、二〇〇三）、私も確認しているが、きれいに四百字詰原稿用紙に清書された完成原稿だった。当時、すでに「荒地」復刊の具体的計画はあり、いずれにせよ鮎川は、この論考によって戦後の出発を考えていたのだった。これが戦後すぐに発表されていれば、「荒地」の運動はかなり違ったものになっただろう。

昭和二十二（一九四七）年九月に創刊された、新生「荒地」には、創刊の辞がなかったから〈鮎川の論文「暗い構図」がそれにかわるものとして受け取られた〉、戦前・戦後を架橋する鮎川の全的な宣言として位置づけられたはずだ。つまり鮎川を考えるためには、『戦中手記』がきわめて重要であり、そこに書かれた〈荒地〉という理念、そして「蘇生」という言葉に表された死者の問題を中軸に、鮎川の戦中・戦後を考えなければならないと思う。

「現代は荒地である」（「Xへの献辞」）という認識は、敗戦後の荒廃をみつめる「荒地」グループの共通認識だったが、エリオットの詩「荒地」が生と死、再生の往還の世界であったように、〈荒地〉には再生が内在していたのではないだろうか。「荒地の蘇生」という言葉は、戦中の軍の療養所で鮎川がこの『手記』を書いた段階からすでに使われている。再生は、戦後の鮎川にとっては大事な動因だった、と私は思う。

だが、鮎川の戦後批判は、『戦中手記』を基底とする内在的な視点ばかりではなかった。〈大きな戦後〉から見える〈冷戦としての戦後〉、あるいは不可視の〈アメリカ帝国の中の日本〉（キャロル・グラック『歴史で考える』岩波書店、二〇〇七）を凝視し、批判した。戦後のアメリカへの関心はこの問題に関わっているのだが、戦前からの連続性で考える鮎川の視点は、当時はなかなか理解されなかった。

私は、本書で鮎川の考えた戦争と戦後をいま、新たに考えてみたいと思う。それは日本の戦争期と戦後に出会い直すことにもつながるだろう。そして、鮎川信夫と新たに出会うことになっていくに違いない。

第一章　詩の初源・初源の詩

1　詩的出発

鮎川信夫の詩的出発が特異なのは、幼少期から父親が編集・発行する雑誌の現場にふれ、詩を書く前に、すでに書いたものを活字にしていたことだ。彼はその経緯を的確に記している。出発は十七歳の時、少女雑誌「若草」に「寒帯」という詩を投稿したことに始まった。

私がものを書きはじめたのは。小学校六年生の頃からである。詩は書いたことがなく、もっぱら子供を主人公にした短かいストーリー風の作文を書いていた。たまたまその一つが父に発見され、当時、父が編集発行していた駅売りの旬刊誌「ほがらか」という薄っぺらい四六倍版の雑誌に掲載されたことがある。（中略）

たくさんの筆名を用いて書く習慣を早くから身につけていた私だったが、そういう自分にうんざりしていたところであった。それゆえ、詩を書くことによって、つまり、たとえば鮎川信夫という筆名を創作することによって、十七歳の私は、私なりに自分の転生を企んだのだと思う。

（「最初期詩篇についての感想」、「現代詩手帖」一九七七年三月）

詩のはじまりが、これまで書いてきたものから離脱・転生することだったというのは、十七歳の少年に普通にあることではない。しかも「この筆名の由来は、ようするに「寒帯」という詩にぴったりするような名前を創作して付けたということです」（「筆名の由来」、「言語生活」一九七六年十一月）と記していて、「寒帯」という詩にあわせて鮎川信夫という筆名を選んだという。これは投稿欄という性格があったにせよ、彼がメディアや読者を意識した早熟な書き手だったことを意味するだろう。それが誕生したばかりの少年詩人にとって幸いだったかどうかは別の問題である。

たしかに鮎川は雑誌「若草」に昭和十二（一九三七）年九月号から投稿し、翌十三年六月までほぼ毎月投稿している。「若草」は宝文館刊、大正十四年創刊。「単なる若い女性向き雑誌として発行していたが、創刊翌年から雑誌協会から文芸部門の雑誌として扱われた。表紙絵は竹久夢二、のち佐野繁次郎、東郷青児ら。（中略）「若き女性の雑記帳」を標榜して、読者から文芸作品の懸賞募集を行い、無名の人の投稿作品の掲載によって、それらの人々を鼓舞し、文壇に新風を送る機関ともなった。いわゆる少女小説の流行に寄与するところが大きかった」（『日本近代文学大事典』）。この記述によれば「若草」は「少女雑誌」から派生した文芸雑誌ということになる。出版元の宝文館は先行の女性向け文芸雑誌「令女界」で大当たりをとっていた。

なぜ少女雑誌系に投稿したのか。この投稿欄が自分に合っていると思っていたのか。それは明確ではないが、選者の佐藤惣之助をめざしたものではないようだ。ただ、偶然にも、後に大事な詩友となる森川義信が女性名で投稿していた。当時の彼らを深読みすれば、軍国主義の風潮の中で、「少女」的なものはそれだけで時代に逆らう、少年の自己超出感を満足させるものだったのではないか。その頃の少年の世界は、いわゆるナショナリスティックな「少国民」一色だった。少なくとも少女の世界にはまだ〈戦争〉は暗い影をそう深くは落としてはいなかった。やがて戦時色が濃くなると少女誌にも戦争が及ぶのだが。「荒地」の同人だった衣更着信は「「若草」の詩欄は投書家臭がなくてのびのびしていたので、同人雑誌に属しない全国の一匹狼が集まって、これに入選するのはかなりむずかしかった」（「現代詩手帖」一九七三年二月）と記している。

投稿している段階では、「鮎川信夫」の他、「伊原隆夫」名で同じ「若草」に出している。伊原名の詩は四篇、いずれもメルヘン風の、鮎川名とは若干異なる詩風だ。父親の雑誌にも別名で書いているのだから、書くことの中にある構築性を充分ふまえた上で鮎川名の作品が書かれていったことになる。つまり彼は詩において最初から〈自然〉であるよりも、〈構築的〉だったのである。

また、投稿という行為も、父親の雑誌「向上之青年」等には詩の投稿欄があり、民衆詩人の福田正夫が選者を引き受けていたので、遠い世界ではなかったはずだ。つまり、鮎川は十七歳の時点で、メディアの表・裏を知った相当に書き慣れた書き手だったのである。これらのことは、彼を考える上で重要だ。鮎川の構築性についてはは後に詳しく検討するが、とりあえずここでは最初期詩篇を見ていこう。

最初期の投稿詩「寒帯」、「黄昏」、「夕暮」の三篇は、幼い抒情を書き綴ったものと言っていい。三篇に共通するのは、世界に手探りで言葉を与えようとする過程である。新しい〈認識〉と言うべきかもしれない。いや、〈認識〉と呼ぶにはおずおずとした詩行である。歩き始めた子どものように、心もとない。その幼さ、もろさが魅力と言えば魅力なのだが、背伸びをしたように言葉を選んでいる。最初の作品、「寒帯」（「若草」一九三七年九月）を引く。

寒帯

鋲靴をはいて
駈けてゆく
雲の上を。

月を支へる

白い標識棒は
倒れた。
風は氷河に、吹き荒さんだ。

あおく、つめたく……

青い魚が跳ねると
沼の静さが、かへってきた

――やがて北極の合唱が、
雲にのり、風にのって。

「寒帯」という異界と、「駈けてゆく」運動／変成の感覚が交ったところで、おそらくこの詩は成立している。雲の上を走るという、少年らしい想像を、鋲靴がひきしめる。今で言えばスパイク・シューズだろう。「あおく、つめたく」というような柔らかな言葉に、「月を支へる白い標識棒」、「北極の合唱」といった硬質な、構築された言葉が無造作に入り込むところに幼い作為を感じる。これを喩とはとらえないほうがいいだろう。音やイメージによって選ばれたにすぎない。

言葉をオブジェとして扱うモダニズムの手法ですらない。詩的な雰囲気への少年の憧れをここから感じとればいいと思う。

「寒帯」の後に投稿した「星座に灯が点り／雲の丸い背を／風が滑る」という連で始まる「黄昏」（「若草」一九三七年十一月）、そして次の「夕暮」（同十二月）は、昼と夜の境界である夕暮れの中で、抒情詩風、そしてモダニズム風の詩的雰囲気を設定する。私はこれらの最初期詩篇に、少年の、空想も交えた、異世界化への情動を見る。しかし、（異）世界に向かおうとする自己拡張の言葉がまだ熟さず、初々しくもあるのだ。

「詩と詩論」の創刊が一九二八年で、鮎川はまだ深くは知識を持たなかったとしても、詩の世界は、左翼系のものを含めてすでにモダニズムの影響下にあった。抒情詩といっても、モダニズムとのアマルガムだった。そうした思潮を少年が無意識にあびていたのだろう。自然な感性と構築された詩語が、まだ充分に出会ってはいないが、少なくとも心情に言葉を与えただけの詩ではない。

　選者の佐藤惣之助も抒情詩人と言ってよく、今なら「人生の並木道」や「赤城の子守唄」、あるいは「阪神タイガースの歌」の作詞家と言った方が早いだろうか。しかし、主宰していた雑誌「詩之家」から戦闘的な前衛詩グループ「リアン」の詩人達を出しており、モダニズムと無関係ではなかった。後年鮎川は『日本の抒情詩』の中で彼を「当時の抒情詩のほとんどが主観的に形成されているのに対して、（中略）客観的な抒情の処理に成功し、ドラマティックなものにしている」と評している。つまり抒情を構成する方法を身につけていた、ということであり、それはモダニズムを外側からでも通過した結果と考えてもよいだろう。

その頃刊行されていた概論書『現代詩の作り方研究』で川路柳虹が詩界について抒情詩の側から整理している（富永直樹（編）著、浩文社、一九三一、前述の福田正夫も執筆している）。

一般［人］が現実的思想を尊重する處から所謂詩的なものとは忽ち空想的浪漫的なるかの如くに思惟する観念が働くのと、また一つには詩が真裸になって自我を明らかに歌ふといふより兎もすればその形式美を追ふ結果思惟と感情の上に一つの大きい溝渠を作らしたことである。（中略）然しその反動はきた。（中略）現在の詩壇は決して一つの主義の下に集まってはゐない。しかし多くの抒情詩が漸次現実的傾向に目覚めてきてゐることは覗はれる。そして各人各様の態度があるが、先づ純抒情詩として藤村以来リリシズムをそのまま継承する人に生田春月がある。

「純抒情詩」とは愉快な言葉だが、川路はここで、モダニズムの詩を、知的に形式美を追うばかりで感情から離反したと批判し、それを通過したいま、新たな抒情の可能性が生まれてきたと考えている。川路の評価する生田春月は鮎川の愛読していた詩人だ。少年抒情詩人の彼が見ていた詩の世界は、川路の評すところに近いのではないだろうか。素朴な抒情や感傷にひたっているように見えても、それが構成されたこと、構成された感情を受け入れることは、すでに身近なものだったのである。それゆえこの後に、モダニズムの方法的な詩を急速に受け入れることができたのだと私は見ている。

中学一年の頃、私は生田春月の詩が好きで、もっぱら春月ばかり読んで、その感傷性におぼれていた。中学二年で萩原朔太郎の詩集を手にし、衝撃を受けた。詩的な官能美の世界をはじめて知ったといっていい。すぐに真似をして詩を書き始めた。

（「西脇順三郎」、『西脇順三郎詩集』彌生書房、一九六七）

朔太郎の後に、中学三年の時、古本屋で西脇順三郎の『*Ambarvallia*』に出会い、またしても衝撃を受ける。「詩と詩論」のバックナンバーも手に入れたようだ。しかしモダニズムの詩人の存在は知っても、深く読み込むにはまだ時間が必要だった。「鮎川信夫」という新しい筆名によって、「転生」はこのようにして動き出し、ここに鮎川信夫という詩人格が誕生した。

最初の投稿と同じ年の「若草」一九三七年三月号に掲載された森川義信の「春」（「鈴しのぶ」名。鮎川と森川はまだ出会ってない）も見てみよう。

春

春の帽子を振らう。
ヴィーナスの歌を聞かう。
こんなにも若い青空。
花ある胸。
新月　新月を食べよう。
鈴が走る。
驢馬が駈ける。
何だか何だか優しく通る。
春の帽子を振らう。
小鳥がゐる胸。
さあ丘をのぼらう。

抒情詩ではあるが、ただの抒情詩ではない。「新月を食べよう」という詩行には、彼方へ向かう自己超出がある。「走る」、「駈ける」、「通る」、「のぼらう」という語尾のU音のリズムと動詞によるスピード感。幻想を孕みながら彼方に向かう感情を言語によって構成しようとする試みは、もはや素朴な少女詩ではない。「若草」には中桐雅夫も投稿していたようであるが、プロレタリア詩でも民衆詩でもなく、新しい感性と認識を探していた少年たちは、モダニズムを通過した抒情の中にそれを探っていったと言えるだろう。

2　二人称と呼びかけ

初期・鮎川が発見したものは、言葉によって新たな感情を操作しうる、ということだったのではないだろうか。鮎川は生涯を通じて抒情的なものを排除しなかった詩人だが、十代の時の日本のモダニズムとの出会い――「詩と詩論」の詩人たち、特に西脇順三郎――は、ボードレールやエリオットなどの外国文学との出会いとともに、方法的に抒情をとらえながら鮎川の考える詩が書きうることを試す一時期をつくった。後に彼は次のように書く。

表現において感情の再構成は可能だということになる。しかし、この可能性は経験的事実との直接の一致を意味するものではないから不可能性でもあって、両者の間隙を埋めようとするかぎりない努力が、とりもなおさず創作過程ということになるわけである。それゆえ、感情の世界は、私にとってたえず開発可能な世界として、なお未開発にして広大な領域を残し続けてきたとも言えそうである。

（「『鮎川信夫全詩集』刊行に際して」一九六八年）

森川義信の「勾配」（一九三九）に出会うまでの時代は、後に「活字の置き換え」（『戦中手記』）

と回想するような、「広大な領域」をめぐって方法上の実験をした作品がいくつも書かれている。しかし、「置き換え」ごっこをしながらも、鮎川は言葉で〈世界〉というものを模索していたように私には見える。それが異世界への幻想だったり、漠然とした外部への憧れにすぎないものかもしれないが、大げさに言えば、世界像や世界観といった問題に関わる着想である。先に検討した最初期の投稿にも、それを見ることができるだろう。

広くとらえれば、近代には世界全体を均質な空間としてとらえようとする志向があり、モダニズムに関わるということじたいに、〈世界〉や〈普遍〉(ヨーロッパ由来の)を通過することが内在していると言っても間違いではないだろう。鮎川の〈世界〉への志向はその遠い反映だったのかもしれないが、詩においてそれは、特異なことではなかった。戦後の一九五〇年代まで、詩を書くことに、〈世界〉と向き合うことは濃密に関わっていたのではないだろうか。谷川俊太郎の最初の詩論集のタイトル『世界へ!』(一九五九)や、吉本隆明の「僕が真実を口にすると ほとんど全世界を凍らせるだらうといふ幻想によって ぼくは廃人であるさうだ」(『転位のための十篇』一九五三)という有名になった詩句を想起するまでもない。言葉で〈世界〉を再-創造することが、詩人の詩を書くパトスとして存在していたのだ。それは〈革命〉がリアリティを失っていなかったことと無関係ではないだろう。

しかし、初期・鮎川が独自だったのは、〈世界〉の〈境界〉という問題を発見したことである。このことを鮎川の動きを追うことで見てみよう。彼がモダニズムに本格的に入っていったのは、中桐雅夫の勧誘によって「LUNA」に加入してからである（一九三七年、「若草」に投稿を始めたのと同年）。「LUNA」は、一九三七（昭和十二）年創刊。新しい外国文学に関心を持った中桐が同世代を集めた詩誌で、森川の他、衣更着信、牧野虚太郎ら鮎川と深く交流することになる詩人の他、若き島尾敏雄も加わっている（後年、鮎川は島尾の『死の棘』を高く評価している）。それにしても中桐は、「若草」の投稿欄を見て声をかけるとは、何という慧眼だろう（中桐も「若草」に投稿していた）。この「LUNA」の仲間が戦後の「荒地」の母体となるのだ。生涯にわたって関わることになる森川義信と出会うのも「LUNA」同人としてだ。「若草」に投稿しているだけだったら、彼の詩はそう変わらなかったに違いない。「若草」は当時においてはメジャーな雑誌だった。そして投稿欄に力を入れていた。しかしそうであっても、自分の感性を少女雑誌の中に異装して出さなければならなかったことに、この時代の困難が表れているのだろうが、鮎川には独自の場が必要だったのだろう。

「LUNA」に加入後、同世代の詩や小説を書く仲間との交流も始まり、彼らとの対話や切磋琢磨は鮎川を急速に変えていく。若い時に同世代だけで何かを共有し、密接につきあった時、傑出した展開を示すことは稀ではない。明治維新の志士たちから、現代では同級生同士で活動した藤子不二雄やX JAPANをあげてもいいだろう。時代を動かす人材が、ごく限定された場所から噴出することは、転換期にはよくある事態である。管理社会化が進んだ現在からは見えにくいが、体験を共有し濃密なコミュニケーションを続けていき、相乗効果で短期間に異様な何かが開花する。言葉によらないコミュニケーション、同質性への親和など、日本文化の特質がいい方向に作用するケースだと思うのだが、まして彼らには、徴兵が迫っていたのである。おそらくは「LUNA」から「荒地」で鮎川（たち）に起きたのもそうした事態だったのではないだろうか。

戦前の「荒地」（一九三九年創刊）は早稲田高等学院（当時は学制上、大学予科とされた）の同級生が集まったものだ。「LUNA」同人で、戦後の「荒地」（一九四七年創刊）の同人となる、北村太郎、田村隆一、加島祥造も府立第三商業学校の同級生だった。だがその偶然が、現状を突破させるものを引き寄せたのだ。

しかし、モダニズムに急速に入っていけたのは、エリオットや西脇順三郎に出会う前から、父親の雑誌で複数の筆名で文章を書く体験をし、現実の「私」といったん離れ、書かれた世界を操作しうることを体得していたからだったのではないだろうか。一九三七年に「若草」に投稿を始め、その翌月から「LUNA」に参加、翌年には、モダニズム系詩人が集まった「新領土」（上田保、近藤東、春山行夫、村野四郎編集）にも加入、それを契機に詩論家としても活動し始める。さらにその翌年に「荒地」創刊と、鮎川の展開は早い。鮎川は出発から方法的だったのであり、それはその詩的生涯を決定づけたに違いない。

「LUNA」に加入して以後（第七輯から）、毎月のように詩を発表する。加入して三か月たった「LUNA」第十輯の「扉の中」（一九三八年一月）あたりから、〈世界〉に〈境界〉を与えようとするようになる。

扉の中

カレンダーに音楽が流れ
華の咲いてゐるテーブル
竜舌蘭を食べてゐる紳士は
今晩十二時に出帆します
海に向って帽子をふって
震へてゐる爪に霧がかかる

杳い寒帯から運ばれたミルクに溺れる頃
扉の外をマアチが風と共に過ぎる
盛んに蠟を焚く女のプロフイル
海の景色はこんなに暗い青でせうか

油絵の裏に隠れてゆく黄ろい月
軍艦はシーツの皺に沈没する

窓を開けると雪が踊つてゐる
逃げてゆくのは白い犬だ
雪に埋まる扉

北園克衛や春山行夫のような洒脱な都会的な語彙と、ですます体と、である体がつくる語りのリズムは、初期の詩のような乱れを感じさせない。そして引き続き異世界への憧憬を言葉にしている。しかし、この詩では、「扉」の内・外という設定で〈世界〉は分割されている。室内は外部と遮断され、紳士が出発の時を待っている。外は雪が舞っていて、扉自体が埋められるほどだ。暗い海、雪の世界、そうした外部に対し、内部は色彩があり、音がある。しかし、外部に向けて出発しなければならない。

これまで彼の詩において、〈世界〉は志向の対象としてあったが、まだ漠然としたものだった。内・外という形で、〈世界〉を分けた時、〈世界〉は構造のある、より鮮明なものとして浮かび上がってきたのではないだろうか。この時はまだ未生のものとして充分自覚的なものではなかったが、鮎川はそれを手放さず、やがて自分たちの置かれた空間を囲まれた土地「囲繞地」という言葉でとらえ、思想化する、一連の詩や批評を生む（「新領土」四十六号など）。〈境界〉ある世界像は、戦前の総決算である「橋上の人」（「故園」二号、発表は応召後の一九四三）にまで至り、彼の戦中・戦後を思想的に決定づける。こうした志向の原型は、「扉の中」や次に書かれる「蠟燭の中」（「LUNA」十一輯）あたりで生成したのではないだろうか。
この後、鮎川は静物画のように室内を描く「室内」や、即物的にものに向かう「形相」というタイトルの詩を連作的に書き続ける。「室内」の冒頭を引く。

窓は明るい海の水で
室内を青く洗ってゐる
花は眼のある動物を見ない
傾いた机は風を聴くことがない
錆びたピンで留められ
海図の脈のどこかに消えてしまった
やさしい茎よ
透明なる緑よ
誰も小さな宝石筐と
舶来煙草のことを知らない
石の床に新聞が配達されてゐたことも

（「LE BAL」十八輯、一九三八年十一月）

閉塞した室内空間を描いたものだが、詩の言葉は静物画のように置かれている。最初期の詩より、焦点が定まったように感じられるのは、室内という限定があるからだろう。詩の言葉じたいを探る習作だと思う。同じタイトルの詩を書くことは生涯を通じて行なわれたことで、「自分の書くものは、いつも「何か」に対する準備だと思いなす」(「詩的青春が遺したもの」)態度、つまり過程として書くという態度に関わっていると考えられる。

昭和十三年から十四年にかけて、鮎川はこのような習作を次々と書き、「LE BAL」や「新領土」に発表する。しかし、十三年四月には国家総動員法が公布され、総力戦体制は着々と整えられていった。一見静物画のように見える「室内」や「形相」でも、状況との緊張関係の中で別世界を志向し書かれていたことを忘れてはならないだろう。

これらは、私の考えでは、内と外の分割の中で内に向かって沈潜していった過程と考えられる。それらの詩の閉鎖性は、もちろん軍国主義化する日本の状況に関わったものだ。戦時色が強くなっている状況に対し、部屋の中という空間に形象させたり、ものにそって存在論的な思考を展開しようとした作品群だろう。表面的な言葉だけをとればモダニズムの言語実験に似ているが、状況に拮抗しながら内へと向かう、ある意味で後退戦を試みたと言える。

後に鮎川は地平線へのこだわりという形で、〈世界〉の境界を意識していたことを記す。

私は、ながいあいだ「地平線」にこだわりつづけてきた。それは、戦後に書いた私の詩の「囲い」の外にあって、いつも超えるべきものとして意識されていたように思う。地理的空間のそれとしてばかりではない。倫理的なそれ、美的なそれ、等々。私の身体と意識を横切って行くそれらの線は、私の平衡感覚を呼び覚ますと同時に、なにかしら、ここにとどまっていてはいけないのだという、別の意志を喚起させるものであった。このような「私」の「地平線」へのこだわりには、むろんそれなりに固執と背反の歴史がある。それを見つけようとすれば、私の詩の中に、いくつでもその痕跡を見出すことができよう。

（「『地平線が消えた』自解」、「現代詩手帖」臨時増刊「現代詩の実作」一九八一年十二月）

この文章は「地平線が消えた」という詩の自作解説として書かれたもので、地平線をめぐって書かれているが、地平線を世界の境界と考えれば、これまで考えてきたことにつながる。地平線へのこだわりは、この自作解説によれば、一九四一、二年の頃に堀田善衛が「地平線がどこにあるかわからない絵なんてつまらない」と言った言葉からきている、とされる。前衛絵画を念頭に置いての発言で、鮎川は共感と反発を覚えたが、以後、「地平線を意識したモダニズム」を考えたという。それは引用したような、戦後においての地平線へのこだわりになったが、この後に彼は森川義信の詩「勾配」を引く。その詩には「屹立する地平をのぞんで」という言葉がある。「勾配」は後に詳しく検討するが、鮎川が自分たちの世代の表現と絶賛した作品である。鮎川にとっての〈世界〉とその〈境界〉は、森川の「勾配」によって新しい展開をとげることになったと私は考えている。「勾配」は一九三九年の発表だから、地平線へのこだわりは、実は堀田善衛の言葉より以前からあったと考えるべきだろう。
鮎川にとって、世界像を求める過程は、戦火が拡大し、自分の兵役も迫る状況に拮抗するものを見出そうとする、内的な闘争だったのではないか。モダニズムは世界を言語で表象することに役立った。世界を言語で更新することこそモダニズムの詩から鮎川が学んだものだった。しかし、鮎川が学んだ「詩と詩論」系のモダニズムの言語の形式を追う志向は、彼の求めるものではなかった。モダニズムを越えた何かを探す必要があったのである。

虹のあるウイットな会話は
オリーヴのガラスのテラスで
発見される
からっぽの金の籠よ
（「遊園地区」、「新領土」十一号、一九三八年三月）

パイプを握って雲の中から生れてきた少年は
ピカピカ光る自転車に倚りかかってゐる
新しい射手よ　一本の樹のみを監視するのは賢明ではない
（「少年のスピイド」、「ＬＥ　ＢＡＬ」十四輯、一九三八年六月）

様々な方法を模索したのだろう。この「少年のスピイド」も自転車に乗った少年のスピード感を軸としたイメージの連鎖でできている。この後の「ギリシャの日傘」(「LE BAL」十四輯)や「夏の souvenir」(「LE BAL」十六輯)も西脇順三郎を思わせる詩語で、どこまで構築的に書けるかを試しているようにさえ見える(「夏の souvenir」に関して「自分の詩篇の中では最も技術的なものである」という記載が八月十六日付の日記にある)。

これらの試行の中で特徴的なものは、「金の籠よ」。「新しい射手よ」という呼びかけである。呼びかけは外に向かうだけではない。〈境界〉を内に向けた時に生成する、分割された〈私〉にも向かう。〈私〉の中の「あなた」や「彼」。特に二人称の「あなた」や「君」は重要である。それは、二人称への呼びかけの文体を生み、虚実の間で彼の発話の方法となった。戦後の森川義信を「M」とした一連の詩や、『戦中手記』、鮎川が原案を書いたと言われる「Xへの献辞」も呼びかけの文体で書かれていることを考えれば、彼の中でどんなに重要だったかが理解できるだろう。

二人称が、初めて彼の詩に「あなた」として直接出てくるのは、「樹」(「LE BAL」十四輯、一九三八年六月)だ。詩の中の呼びかけを彼はおそらく萩原朔太郎から学んだのだと思う。前述のように、朔太郎に出会い、衝撃を受けていた。朔太郎の詩の文体、そのエロスが込められた呼びかけに揺り動かされたのではないか。

恋びとよ

お前はそこに坐ってゐる　私の寝台のまくらべに
恋びとよ　お前はそこに坐ってゐる。
お前のほっそりした頸すぢ
お前のながくのばした髪の毛
ねえ　やさしい恋びとよ
私のみじめな運命をさすっておくれ

（萩原朔太郎「薄暮の部屋」部分、『青猫』所収）

この朔太郎の詩の濃密なエロスは、「恋びと」や「ほっそりした頸すぢ」からばかり生まれるのではない。呼びかけの文体そのものが関係の中にあるエロスを孕んでいる。鮎川は、「恋びと」のかわりに、「金の籠」や「射手」に呼びかけ、新しい情動を生ませようとしたのではないか。

詩の中にある関係は、呼びかけることによって動的になる。戦時に向かう閉塞性の中で、喪失や別離、そして死は日常であった。非在なもの、不可視なものは、戦時下には現在よりはるかに身近なものとして迫ってきただろう。呼びかけが非在や不可視へと向かうのは、ごく自然なことだった。非在と不可視は、モダニズムを抜け出ようとして、自己と世界をとらえる独自の詩を探求する過程において発見されたものだったと思う。さらに言えば、非在や不可視に向きあうことで、鮎川はモダニズムを離脱しだしたのではないか。それは、後に検討する森川義信の「勾配」

という作品やヨーロッパの詩における神の問題などが契機となっただろうし、そして森川ら詩友の死が何よりも痛切な動因となったからに違いない。

第二章　モダニズムとソフト・ファシズム

1　未生なもの

第一章で見たように、鮎川は、〈私〉を分裂させながら、外の〈もの〉や〈こと〉、〈人〉に呼びかける方法を見出した。外と内は時に転移し、外側の〈あなた〉や〈かれ〉が内側に入り、その逆もありえた。それが鮎川の詩の話法だった。この〈私〉の分裂について、戦後に彼は次のように回想する。

一方で、「現代詩とは何か」を書き、戦後世代の共通意識をさぐり、戦後詩に文化論的な根柢を与えようとした外なる私と、この内なる人との間には、ときとして人格的統一を欠いた、奇妙な矛盾、分裂、混乱が起ったことはたしかなようである。内なる人は戦争をくぐったのであるし、外なる私は戦後に生れたのだと考えると、この奇妙な矛盾も、そんなにおかしくはないであろう。

（「戦争責任論の去就」、「現代批評」一九五九年五月）

この文章は戦争責任論をめぐる戦後の文章であるが、戦争責任論は別に検討する。ここでは「内なる人」と「外なる私」という二分について考えたい。この「世代の共通意識をさぐり、戦後詩に文化論的な根柢を与えようとした」という部分は、実は、戦前期の批評にも適合するのである。

鮎川が最初に書いた評論は「「新領土」加盟についての覚書」（「LUNA」十三輯、一九三八年四月）である。これは「新領土」加入に際し、「LUNA」を主宰する中桐雅夫から、別の雑誌に加入する意図を問い質す手紙を受け取り、それに応えて書いたものだ（「詩的青春が遺したもの」一九七四）。中桐は、「LUNA」に加盟しているのに他の雑誌に参加することと、これまで抒情派と思っていた鮎川がモダニズム系の雑誌に入ることを不審に思ったようだ。

それに対し鮎川は、個人的な事情ではなく、自分たちの世代の表現が必要であることとして問題を拡げて応える。それを「ヤンガー・ジェネレーション」という言葉じたいは、「ヤンガー・ジェネレーション」として一般化したものとして論じる。「ヤンガー・ジェネレーション」という言葉じたいは、「日本詩壇」一九三九年四月号が「ヤンガア・ジェナレーションの問題」という特集を組むなど、新しい書き手の出現が注目されており、「LUNA」はその渦中にあった。鮎川の「覚書」の第一行は「現代は詩のない時代と言はれる程、詩の振はざる時代であり詩を書くのに困難な時代である」と始まる。そうした状況に対し、

「かかる時代に我々のゼネレエションが無力であることは、詩の世界を将来益々貧困ならしめ徒に詩の衰退を曝すような結果を招来するものと云はねばならぬ」と主張する。これはまさに「世代の共通意識をさぐり、詩に文化論的な根柢を与えようとした」ということになるのではないだろうか。「現代」、「時代」という一般化、「われわれのジェネレーション」の特権化は、鮎川の戦後初期の批評に頻出するが、すでに最初の批評文に登場しているのである。

「われわれ」、「世代」という、鮎川（そして「荒地」同人たちにも）に頻出する複数形の主体はここから登場するのであり、「外なる私」は戦後ではなく、戦前から出現したと考えるべきである。この複数形の主体は後に詩的共同体としての〈荒地〉という概念として戦後の鮎川を支えることになる。だとすれば、「外なる私」、「内なる人」という語りの構造は、鮎川自身が書くのとは別に、戦前のものから考えていかなければならない。彼自身の自分を語る言葉は、特有の自己韜晦、自己戯画化の性癖があり、言葉通り受け取るには慎重な検討が必要である。その語りには、意識的な方法と無意識的な編成が複雑に交差しており、それを読み解くためには、まず外側から事実を追っていかなければならないだろう。

　鮎川は一九二〇年、東京の小石川高田豊川町に生まれた。父・上村藤若、母・幸子の長男で、二人妹がいる。両親はともに福井県石徹白《いとしろ》村（現在の岐阜県郡上郡白鳥町）の出身で、鮎川の誕生は父二十六歳、母十七歳の時だった。

　牟礼慶子の年譜によれば、中野、高円寺、吉祥寺、打越などを転々とし、十三歳の時に淀橋区柏木（現在の新宿区柏木）に移り、そこから徒歩で早稲田中学に通う。要は東京西郊に育ったということで、郊外の新興住宅地の感性を持って育ったのである。それは田村隆一・北村太郎・加島祥造らの育った、密集し、雑居、流動する下町の住空間とは異なる。比較的広い住居が個的で自由な気風を生む、西郊の生活の中で育ったと考えてよいだろう。

中野・高円寺など、いまでこそ都会だが、当時は駅から離れれば田畑が広がる農村風景だったはずだ。私が高円寺で過ごした東京オリンピック前の昭和三十年代でも、畑や野原（おそらく空襲の跡地）が残っていた。中央線を戦前の鉄道省（一九二〇―四三設置）に由来する「省線」としばしば言った戦前生まれの私の母は、高円寺から新宿に行くのを「東京に行く」と語った。それほど当時でも、中野・高円寺あたりと新宿などの都会には差があった。

幼い日、中野の自宅から少し離れた寺に行こうとした時の回想を鮎川は「埃っぽい道路の両側には、はじめのうちこそ家がまばらに建っていたが、すぐに田畑や野原がつづく風景になり、ところどころに疎林が散在し、人影はほとんど見当たらないという、ありふれた郊外の見晴らしとなった」（「跫音」、『厭世』青土社、一九七三）と書いている。寺は杉並区の妙法寺で、鮎川が歩いた道はおそらく荒玉水道という上水上につくられた道だと推測されるが、子どもの足で歩いていける場所でも、自然は迫っていたのである。この風景の中で「一人であること」と出会ったに違いない。

幼時の記憶は『厭世』所収のエッセイに書かれている。その中の一篇「偶然の目」で母のことを、また「ぬい子伯母さんを理解すること」では伯母のことが書かれている。そこで分かるのは、家では母と妹という、女性に囲まれていたことである。鮎川家において、男性は父親と鮎川だけである。父親が仕事で留守がちとなれば、男性は鮎川だけとなる。女性たちの中で大事にされていたようだ。寝しなに母親が「蒲団に入った私の肩を、やさしくさすったり、軽く叩いたりして調子をとりながら、「寝てろ寝ないか、このガキは」という嘲弄的な子守唄を口誦さむのである」と書かれているような、温もりに充ちた空間が鮎川の幼児期にはあったようだ。

四、五歳の頃の自分を「うすぼんやりした子供」、「人前ではおどおどする」(「凌霜の人」、「潮」一九七四年七月)と回想するが、柔弱な混沌が鮎川の「私」の底にあったのだと思う。それは前章で検討した「寒帯」の、「鋲靴をはいて/駈けてゆく/雲の上を」という、弱い幼いものが解放される夢のように、あるいは同じ一九三七年に書かれた「凍眠」の「魚のやうに眠る日/ぼうぼうと潮騒は杳く」(「LUNA」八輯)のような、眠りが心地よい充足を誘う、繊細なものの王国として、初期の詩に書かれている。彼の底には、弱い、繊細なものが潜んでいたのではないか。それが受け入れられそうな女性向けの雑誌「若草」に投稿した、ということがあるのかもしれない。投稿の作品には、無防備に弱さを露出させたような言葉が見られる。しかし、「LUNA」に書くようになってからは、そうしたものはモダニズム的な方法によって覆われてしまう。

一方、父はどんな存在だったのだろうか。父・上村藤若は編集・出版を営み、雑誌を発行していた。鮎川はそうした環境の中で育ち、時に雑誌の刊行を手伝ったりしていた。第一章で検討したように、鮎川にとっての書くことの初源はここにある。鮎川は父のことを詩やエッセイに書いているが、簡略にまとまっている『戦中手記』の後記から引用しよう。

父は岐阜県の山奥の農家の出身で、若い時苦学をして早稲田の英文科と日大の政経を卒業し、二十四歳で当時十五の母と結婚してから、ごく短い期間二、三の勤めをしたが、あとはほとんど独立して自分の事業を営んできた人である。（中略）事業にもいくつか関係したが、帝国文化協会と称する青年向の教育機関のようなものをつくり、その機関誌を出すことを一生の仕事としていた。さかんな時は丸ビルに何室も借りて盛大にやっていたが、当時ある保険会社の社長であったスポンサーの実業家O氏が大きな疑獄事件をひき起して以来落目となり、最後はほとんど一人一社のような有様となってしまった。それで、私は中学二、三年の頃から、その雑誌の編集を手伝わされたり、埋草の原稿をよく書かされたりしたものである。外面的には温和な人格者だったが、家庭的にはすこぶる冷淡で、私にとってはdictatorの完全な見本のような人物であった。

私の考え方、感じ方は、少年の頃からほとんどこの父に抵抗するようなかたちで育っていった。それゆえ、大学の予科に入る頃にはファシズムに対する嫌悪などは、ほとんど生理的なもの、といっていいほどになっていた。その意味では、父の影響は絶大だったと思っている。父はファシズムの共鳴者であったから、敗戦による打撃は、いわば自業自得であるが、人から戦犯呼ばわりされるのはさすがにつらかったようである。
（『戦中手記』後記）

鮎川の書く通りの父親ならば、父に抵抗することで成長をとげ、詩やモダニズムに出会ったということになる。そうだとすれば反面教師として役立ったわけだが、実はよく分からないことも多い。父との関係を回想する鮎川の詩には、父への激しい気持ちが書かれている。

黙々と机に向って仕事をする父の背中に
刺すような視線をあびせて
何度、声にならない叫びを上げたろう
あなたはやがて分ってしまう何かであり
ぼくたちの間にはどんな逆転もありえないのだから
あなたは早く死ねばよい

これ以上、理不尽な感情があるだろうか
自分をこの世に存在させていることで
父を憎む

これは、父にとって
子なるわたくしの存在が心《しん》から厭わしかったことの
家族的な反映だったのだろう、と
今ならばわかっている
これ以上、合理的な感情があるだろうか
父とは半生のつきあいだったが
どんな言葉の交換もなかった
わたくしは父の書いたものを理解せず
父はわたくしの詩の一行も理解しなかった
父は黙ってこの世から去っていった
わたくしは病み衰えた父の腕に
カンフルの注射を三、四度射っただけであった
言葉の理解のとどかぬところで
ぼくたちは理解しあっていた

（「父」部分、「現代詩手帖」一九七九年一月）

ここに書かれている言葉は、引用した『戦中手記』後記に対応しているだろう。あまりに明白な父と子の断絶に、これ以上何もつけ加えることは無いように見える。後に検討するように、戦

争期にファシズムに傾倒し、その思想を啓蒙する雑誌を発行していた父親から見れば、モダニズムの詩などもっとも否定すべきものだったろうし、それに打ち込む息子の姿は唾棄すべきものとして映ったに違いない。鮎川も父親に反抗する中で新たな世界を発見していき、父親とは相容れない方向へ歩いていったということだろう。詩に書かれている、「憎む」「厭わしかった」という言葉は、彼の正直な感情だろう。

しかし、公開されている日記を読むかぎり、それは一面でしかないと私は考える。たとえば、一九三八（昭和十三）年の四月二十五日の記述では、「向上之友の編集を仕終えて父に原稿全部を手渡す大任（?）を果たした感じでほっとした」とある（『鮎川信夫全集』第二巻、思潮社、一九九五）。「向上之友」とは父親が刊行していた月刊誌である。

年譜によれば、鮎川が早稲田大学の予科（第一高等学院）に進学したのは前年の一九三七（昭和十二）年四月である。先の引用では、「ファシズムに対する嫌悪などは、ほとんど生理的なもの」と書かれ、父との精神的断絶も決定的になっていた頃のはずである。しかも、前年の三月に「新領土」にも加入し、翌年には「荒地」を創刊することになる。「向上之友」の記述は一九三八年を通して何度か出てきて、六月十八日には、「「向上之友」の編輯も大半は終了した。自分の小説の原稿を残すのみとなっている。これも明日あたりから書かないと一円もらえなくなるような羽目になったら大変である」と書かれ、仕事として請け負っていたことが分かる。月刊誌を「手伝う」ためには、断絶だけではすまず、最低限の信頼関係が必要なはずだ。

つけ加えれば、小説とは回想によれば「子どもむけの物語」である。しかし、この当時鮎川は小説もめざしていたようで、森川義信あて書簡や日記には、小説執筆のことがしばしば出てくる。このとき父親はすでに没落して、「向上之友」をほとんど父親一人で編集製作している状態だった。その状況で手伝うとなれば、割り付け、校正など、実務を進めるために父親との意思疎通は不可欠であろう。さらに埋め草であっても原稿を書いているのだから、編集の現場での、浅からぬ意思疎通があったはずである。たとえ詩に書かれているように、父に対して内心は憎み、刺すような視線を送っていたとしても、月刊誌を定期的に出すためには実際的な、何らかの相談、何らかの合意があったと考えざるをえない。

心情的には父との関係は、書かれている通りかもしれない。しかし実務面では、文章ではふれられてない関わりがあったはずだ。父親の月刊誌刊行作業の「手伝い」を「中学二、三年の頃から」多感な十代を通じて行なっていたとしたら、それは詩人の人生にとってけっして小さなものではないと私は思う。それがいつ終わったのかは不明だ。だが、日記の日付の通りならば、「新領土」加盟以後、少なくとも「荒地」刊行直前までも関わっていたことになる。

誤解の無いように記しておくが、私はここで鮎川の戦争責任を追及しようというのではない。彼自身も、雑誌を手伝っていた事実やそこで自分の使っていた筆名を繰り返し明らかにしており、隠蔽しようとする意図はなかったはずだ。思想的にも、ファシズムとは相容れない方向に鮎川が歩んでいったのは確かである。しかし、彼の思考や語りの構造がどのようなものであったかを明らかにするためには、まず事実に即した整理が必要なのである。

2　帝国文化協会とソフト・ファシズムの思想

このような「向上之友」とはどんな雑誌なのだろうか。それを記す前に、その発行元となり、鮎川の父が実際に運営していた帝国文化協会から書こう。

帝国文化協会とは大正十三（一九二四）年設立で、鮎川の書く「スポンサーO氏」、実業家の小原達明が理事長、鮎川の父、上村藤若は事務理事だった。鮎川は「機関誌」と書いているが、機関誌という枠をこえた、思想／文化／生活全般にわたる修養を目的とする総合雑誌「向上之青年」、「向上之婦人」を刊行していた。両誌はともに協会設立の年、大正十三年創刊、月刊の会員雑誌であった。両者の表紙には「国民的修養誌」と銘打ってある。藤若が編集兼発行人だった。

協会は月刊誌を二誌のほか単行本も刊行、講演会等も催していたようだから、設立当初は一定の規模があったのだろう。「向上之青年」一九三一年七・八月合併号に掲載された社告を引用する。

帝国文化協会

主義

帝国文化協会は日本文明を中心として古今東西の文化を調和融合し、中外に施して悖らざる新文明を建成し、人種、宗教、言語、風俗、慣習の異同に拘泥せず、全人類を一切平等に遇して、四海同胞の実を挙げ、互に相愛し、相助けて其生々を楽しむ、全世界統一的平和円満なる理想国家を建設し、以て三千年来皇統連綿たる我皇室を推戴して、之が、主上大陛下と仰ぎ奉るを建会の主義となす。

綱要

一、帝国文化協会は其主義の実現を期するが故に、会員各自は先づ徳性の涵養、身体の健康、学問の修得、知識の開発、芸能の練熟、勤労の習慣を奨励して、立身向上の素地を作り、進んで父母、兄弟、夫婦、子孫、及一般同胞に関する人道を修めて、齊家の実を完うせんことを期

「向上之青年」1927年１月号

「向上之婦人」1928年３月号

す
二、帝国文化協会は其主義の達成を期するが故に、会員各自は忠勇義烈、独立自尊、質実剛健、堅忍不屈、勤倹力行にして責任信義を重んじ、国憲国法に従ひ他人の権利を尊重し、社会の安寧を維持し、礼譲を弁へ協力を貴ぶ模範的国民たることを期す
三、帝国文化協会は正義人道に立脚して、四海同胞の精神を実現せんとするが故に、人種、宗教言語、風俗、慣習等の差別を為さず炳として万国に輝く吾皇道の示す所、即ち孔子の仁、釈迦の慈悲、キリストの博愛を抱擁して、明るき人生の出現を期す
四、帝国文化協会は其主義の実行を期するが故に、会員各自は虚偽、邪推、猜疑、嫉妬、忿怒、誹謗、中傷、隠険、偏頗、苛察惨酷、不潔、不衛生、忘恩、違約、背任、貪欲、吝嗇、怠惰、放慢、濫費等の不徳行為を厳重に相誡め、人世よりもろもろの罪悪を絶滅せんことを期す
五、帝国文化協会は天壌無窮の吾皇室を全世界統一的平和円満なる理想国家の　主上大陛下と仰ぎ奉らんとするものなるが故に吾国体の世界に冠絶する所以を闡明し、忠君報国の精神を高調し、義勇奉公、献身犠牲の至誠を修めて、以て皇運を扶翼し奉らんことを期す

この社告を読む限り、帝国文化協会（以下、協会と記す）は天皇制ファシズムであったかもしれないが、狂信的なものではない。「古今東西の文化を調和融合」という国際主義、「全人類を一切平等に遇して、四海同胞の実を挙げ、互に相愛し、相助けて」という疑似ヒューマニズム、そ

れらが天皇制に接続する。儒教、仏教はおろかキリスト教までふまえ、その上に立って世界を主導する思想が主張されている。

もちろんこれらはデマゴギーというにも至らない、お題目ではある。ファシズムにありがちな、既成のものを都合よくパッチワークする手法だろう。この主張が協会内部でどのように形成されたかは不明だが、読み取れるのは、ソフト・ファシズムともいうべき、天皇制農本ナショナリズムを、当時すでに確立していた大衆社会に接合しようという思想である。生活技術から平和や人類愛といった普遍的価値まで動員し、都市中間層にも魅力あるナショナリズムを提示している。この時代、天皇制ファシズムを列強の中で国際的に展開しようとした時、虚構の普遍性や経済的合理性が要請されるようになっていた。つまり、西欧も含めた世界全体を主導する天皇制理念が必要とされたのだ。今の眼から見ると帝国文化協会は文化、メディアの面からそれを推進しようとした団体だと考えることができる。

当時、八千代生命保険社長だった小原達明は、ただのスポンサーではなかったようだ。小原は大正十三年に八千代生命を設立したが、それより一年早い十二年に映画製作会社東亜キネマを起こしている。東亜キネマは一時牧野省三のマキノ映画製作所を所属させており、映画史的に重要な位置をしめている。実業家が当時巨万の富を生む可能性を持った映画製作に進出したということだけではない、単なる投資以上のものがそこにはあったと私は考えている。小原の著書を読むと、文化に一定の見識と関心を示していることが分かるからだ。

小原の著書は少なくはない。『小原達明随筆集』（朝陽社、一九四〇）、協会からは、随筆集『みあとしたひて』（一九四〇）を刊行しているし、東京堂から評伝『椅子張りの中の人』（一九二四）が出されている。このほか八千代生命本体からも著書があるので、著述に関する意欲はかなり強かったと考えられる。また、しばしば協会主催の小原の講演会が催されていることが雑誌の社告として出ているので、彼は自身の考えを普及することにかなり熱意を持っていたようだ。

ただし小原のメッセージは、明治天皇の追想と現在の心境をつづった『みあとしたひて』と『随想集』を読む限り、疑似ヒューマニズムと処世訓が融合し、天皇崇拝と接続したものにすぎない。「向上之青年」と「向上之婦人」は、この小原の考えに近いソフト・ファシズムを実用的、実践的なものとして分かりやすく提示した雑誌と考えられる。「向上」には、天皇に収斂する心性を鍛え上げていくという意味とともに、生活実用的な意味もこめられているようだ。それがこの雑誌を堅苦しくないものにしている。

「向上之青年」と「向上之婦人」は昭和六年に合併し、「向上之友」と改題される。さらに「向上之友」は「村を護れ」と改題され、これも鮎川が手伝っていたようであるが未見である。昭和五年には姉妹誌「向上の少女」も刊行されている。現在これらの雑誌は国会図書館には所蔵されていない。私は今回、昭和館付属図書館、成田山仏教図書館などで部分的に所蔵されている協会の雑誌を調査し、大正十五年、昭和四年、六年度の「向上之青年」、昭和六年度の「向上之婦人」、昭和五年度の「向上の少女」、昭和六年度の「向上之友」ほかを見ることができただけだが、今後のさらなる調査が必要だろう。残念ながら筆名を照合しても鮎川の原稿は発見できなかった。

これらの雑誌の編集兼発行人には鮎川の父・藤若の名があり、後記や次号予告も書いているから、編集実務は彼が仕切ったということだろう。しかし、大正十五年度の「向上之青年」では小原が巻頭言を書いているので、小原の存在も軽くはない。藤若も後記でしばしば小原の言動に言及している。

昭和四年の「向上之青年」では、藤若が巻頭の「修養講座」を書いている。タイトルをあげれば、「聖俗を超えて」、「東洋的生活への復帰」、「生きんとする意志」といったものである。この段階での藤若の主張は、天皇の仁愛に基礎をおくナショナリズムと言ったらいいだろうか。ヒューマニズムやキリスト教、仏教さえも吸収しながら国家への献身を説くのだ。小原の主張がより国家的、経済的としたら、藤若は農本的、人生論的と考えられるだろうか、いずれにせよ二人の主張は近い。ここで昭和四年二月号の「向上之青年」の目次を紹介しよう。

向上之青年　二月号　目次
題字＝圓道掌石／表紙＝吉川正一／扉＝土村正壽／雪を慕ひて＝写真版／内外時事＝写真版
希望に生きよ＝マーデン博士
修養講座

輝やかしき将来へ――躍進せんとする青年へ＝鎌田栄吉／人生の苦悩とその自由＝松井茂／東洋的生活への復帰＝上村雅信／善悪の岐路に立ちて＝山室軍平／昭和の精神と教化運動＝加藤咄堂／政界革新の為めに＝東郷實

修養閑話／楽翁書斎銘／東西共通格言／挿話二題／心八訓／俗調書生誡歌

微笑する三箇の思想＝田子一民／現代青年と道徳＝平沼淑郎／発奮する迄の二傑

四十八年の政治生活を顧みて――政界へ志す青年に与ふ＝小久保喜七

一女性の手紙に依つて――飜然悔悟せる青年の話＝飯島三安

ある二つの話

常識講座

雄弁と討論＝田川大吉郎／南米ブラジルの開拓者――鈴木貞次郎君の活躍＝永田稠／兎の簡単な飼育に就て＝根本長次郎／食餌の衛生講話＝服部彌二郎／呼吸器の弱い人の厳寒時の養生法＝岸本好雄／誰れにも出来て利益の多い売薬店＝小野寺斥夫／農村疲弊の原因は――果して那辺に存在するか＝太田利一／書道入門――永字八法に就いて＝阿部梅荘

会員文芸募集

趣味講座

俳句講座――作句法＝矢田挿雲／不成功青年裏表（漫画）＝小野寺秋風

小話抄　長寿十訓　肺病十訓　苦笑微笑　クロムウェル　映画巷談

探偵小説　龍変幻＝水谷準／お国自慢　甲州地方の民謡＝宇沢芳彦／当世詩人気質
御大典記念向上会館建設の企図に天下の名士挙って賛助せらる／編集後記

雑誌の内容で注意しておかなければならないのは、「婦人」と「青年」二誌とも趣味の頁があり、その中に文芸欄があることである。小説や短歌、俳句、そして土井晩翠や三木露風の詩も掲載され、随筆欄には尾崎行雄（顧問）、羽仁もと子らも書いている。詩の投稿欄もあった。選者は民衆詩人の福田正夫で、福田は本文頁で詩も書いている。

雑誌は順調に発展し、既存二誌に加え、少女修養誌と銘打たれた「向上の少女」が昭和五年に創刊される。月刊誌三誌の刊行はそれだけの人材も必要だろう。協会の隆盛を感じさせる。「向上の少女」の直接的な修養のメッセージは、藤若の書く「訓話」と位置づけられた疑似ヒューマニズムの「お話」が一本あるのみで、後は小説、詩、戯曲などである。実質的には少女文芸誌と考えてよい。レイアウトやイラストも同時代の「少女の友」などの少女雑誌そっくりである。執筆陣は詩と小説を福田正夫、訓話を山室軍平、古川しげるが書き、書き手として実績ある者たちを起用している。藤若の書く「訓話」は、タイトルをあげれば「母の母――大地は愛に燃ゆる」（昭和五年一月）、「真実の愛――愛は人の世の根本である」（同二月）といったもので、自然の恵みと世の中に感謝し、広い愛を人々にそそぎなさい、というような道を説く「お話」である。

私は「向上之青年」や「向上の少女」で藤若の書くものを読んで、馬鹿馬鹿しくは思うが反発を感じることはなかった。なぜなら、私が子どもの頃接した昭和三十年代の教師をはじめとする大人たちの説く人生訓、または漫画や子どもむけ物語の奨励する生き方は、これに近かったからだ。戦前のソフト・ファシズムで育てられた若者たちが戦争をくぐりぬけ、大人として子どもに接した時の人生の指針は、それが温存されたままだったのではないだろうか。パッチワークによって肥大した天皇制ファシズムから郷土愛と同胞愛を切り取り平和と民主主義にすげかえれば、ファシズムに動員されたヒューマニズムもただのヒューマニズムとしてそのまま生き伸びられたのだ。公共の場でのファシズムは解体したかもしれないが、私生活の空間でソフト・ファシズムは戦後も温存されていた、ということをこれらの雑誌を読んで感じた。

それらはいまも教育の現場や社会組織の末端に残っているのではないか。長いものには巻かれろ式の画一主義、その裏がえしの、いっこうになくならないいじめやハラスメントの源流の一つはここにあるのではないだろうか。視点をかえれば、敗戦後短期間で平和と民主主義をすぐさま受容できたのは、ソフト・ファシズムによる偽のヒューマニズムや平和主義が浸透していたから、ともいえよう。いまは公の場では消滅してしまったが、ソフト・ファシズムは当時の大衆のナショナルな欲望の半歩先に存在していたのだ。

八千代生命は大正十三年の商工省（当時）の査察により債務超過状態にあることが判明し、小原は昭和三年には八千代の持ち株全てを日魯漁業にゆずり、社長も退陣せざるをえないところに追い込まれていた（「大阪毎日新聞」大正十四年十月二十二日、「国民新聞」昭和四年五月十五日など、神戸大学付属図書館データベースより)。鮎川が「疑獄事件」と書いているのはこのことだろうが、商工省の動きにどのような政治的背景があったかは分からない。しかし、協会が傾いていったのは確かで、だから「向上の少女」の創刊は、協会を維持するために、より売れる路線に賭けたという推測も成り立つ。協会の会長は昭和六年に浄土真宗の僧侶で戦後国会議員も務めた大谷瑩潤に変わった(社告による)。

前述したように「向上之青年」、「向上之婦人」は翌昭和六年九月号をもって合併、「向上之友」と改題し、協会の雑誌はこの一誌のみになってしまうのである。(「向上の少女」がいつ廃刊になったかは不明)。この九月号には「協会の本部会館建設のため寄付を募る」という社告があり、その発表をきいた「全国三十有五万の誌友諸兄姉」がそれを支持したと書かれている。しかし会員はそこまでは多くはなかったろう。いずれにせよ寄付や賛助会員募集の社告を見る限り、資金が逼迫していたことは確かなようだ。協会の住所も移っていく。

第八巻・第八号　向上之青年・向上之婦人改題
向上之友　九月号　目次
表紙　更生への道=吉川正一/題字=藤原紫朗/口絵(時事写真版)
向上之婦人・青年の改題に就て=帝国文化協会/本会々館の建設と会員一百名の帝都招待=帝国文化協会/会館建設援助の会員を募る/会館建設援助会員芳名

われ亡国の哀調を聴く＝上村雅信／ニコニコ主義の本領＝牧野元次郎／怒らない修養＝泉道雄
教訓寓話　虚言の果＝X・Y・Z／地蔵様のやうに＝後藤静香／断じて為し能う＝蓮沼門三
貯金週間のおすすめ＝下田光雄／職業婦人たらんとする人へ＝生田千歳／反当り七百円の純益を得た体験＝中川正一／本協会は何故に会員安心部の加入を勧めるか？／大潤会江戸橋病院の開院に就て／全日本支部連盟便り
趣味講話　俳句と人生＝上田斤呂／立志美談　大川氏夫妻の奮闘記＝河上清／俚謡正調＝今泉碎巌選／誌友俳壇＝上田斤呂選／誌友歌壇＝青山宣紀選／短歌＝今泉碎巌選／編輯を了へて

「向上之友」と改題した雑誌は、引用した目次のように娯楽面は大幅に削られ、文芸作品は圧倒的に少なくなる。雅信の原稿も「われ亡国の哀調を聴く――更生の使徒青年男女よ起て！」「日本人よ　日本に還れ」などナショナリズムのメッセージむき出しのものになっていく。協会内部の事情だけでなく、昭和六年には満州事変がおこり、世相はいよいよ軍国主義に傾斜していく時代であった。

「われ亡国の哀調を聴く」は、「日本国民は、男も女も、老いも若きも、おしなべて、虚心に、坦懐に、自己のありのままの姿をみつめ、正に亡滅の淵に陥没する一歩前に、翻然として方向転換すべきではあるまいか」と直接的なメッセージを発している。「向上の少女」に掲載された訓話とはまったく様相を異にしたものだ。シュペングラーを引きながら西欧の没落が必至であることを説き、近代生活の資本主義的な享楽、競争、個人主義を批判し、郷土の建設に励めという内容である。藤若はもとから信奉していた農本主義的ファシズムに純化していったようだ。これは確かに鮎川の歩みと正反対ではある。

総力戦体制が整えられていき、ソフト・ファシズムでさえ、その存在を許されなくなった――藤若の主張と語調の変化はそう感じさせる。「向上之友」という誌名はついに「村を護れ」という直接的なものに変わってしまう。

3 語りの構造

鮎川の手伝った「父の雑誌」がどういうものであるかは、ほぼ解明できたと思う。まず「雑誌」とは、当初はファシズムの思想を実生活に生かすことを教える、総合雑誌だった。文化にも深く関わっていて、文学に関する記事や詩や小説の掲載、投稿欄もあった。鮎川はいちおう、それらの動向を見れた。雑誌に表れている農本主義、天皇主義、国家主義のすべてに反発すると、自由主義、モダニズム、国際主義（ヨーロッパ）といった方向になる。それはそのまま初期鮎川が魅かれたものだろう。父・藤若の体現しているものからできるだけ遠くに行こうとした鮎川の歩みは理解できる。

編集を手伝ったり原稿を書いたことからして、雑誌というメディア、ものを書くということの裏・表を熟知したということ。特に修養誌という雑誌の性格から、不特定多数の読者に呼びかける文章のあり方を学んだこと。これが鮎川を理解する上で一番重要なことだろう。「向上之青年」、「向上之婦人」、「向上の少女」の三誌を読んでみて、この時代の修養誌という媒体が持っている、啓蒙的な、あるいは警世的な文体を鮎川は学び、それが批評の文体につながっていったのではないかと私は考えるようになった。それは意識的に、また無意識的に行なわれたはずだ。私はこれまで鮎川の批評の持つ啓蒙や普遍を求める志向は、エリオットや日本のモダニズムの影響の下から生まれたと考えていた。しかし、父の刊行していた雑誌が持っていた、広く読者に呼びかける姿勢、啓蒙的な姿勢が底にあったのではないだろうか。

先に検討した鮎川の最初の評論「「新領土」加盟についての覚書」は、父親の雑誌を手伝っていた時代に並行する。他の雑誌に加入するという個人的な行為への思想的意味づけであるはずの論文が、「ジェネレーション」（「ヤンガア・ジェネレエション」など表現をかえて繰り返される）の問題として一般化され、「新領土」という雑誌名も「詩の領域に多くの新領土があることを感じている」という形で脱＝固有名詞化されている。そうした応答は方法としてあってよい。しかし、ここには、「内なる人」を掘り下げようとする志向は見えず、「外なる私」の当為が前面に出ているだけではないだろうか。こうしたスタンスを戦前に身にまとって鮎川は批評を書き出した、ということになる。

この後にも中桐の要請に応えて「覚書——現代詩の性格的変化と方向」（「ＬＥ　ＢＡＬ」十九輯、一九三九）を書くが、それも同じスタンスと文体で書かれている。そして自ら「戦前における

「ＬＵＮＡ」の運動、戦後における「荒地」の運動のイデオローグとしての〈私〉が誕生したのは、このときからであった」（「詩的青春が遺したもの」一九七四年三月）と、「「新領土」加盟についての覚書」を書いた時が新しい〈私〉の誕生した時であることを記している。

北川透は『荒地論』（思潮社、一九八三）で「荒地」の理念とはその文明批評論的性格であり、それは鮎川の戦中・戦後の営為が中心となり、戦後直後の一九四〇年代に同人の共同理念として生成した、と指摘した。そしてその理念には、北川の言葉で「疑似戦後意識」とされる、第一次大戦の戦後の荒廃から第二次大戦の戦後を見る視点が含まれており、それが「荒地」の思想のすぐれた部分であるとともに限界ともなったと論じている。私も基本的に同様に考えるが、鮎川の場合、文明批評論的性格の原点は幼少期から体験した修養誌の不特定多数の読者に呼びかける構造にあったというのが私の見方である。

さらにここで考えておかなければならないのは、父親の雑誌に関わったことは〈鮎川信夫〉と無関係なのか、ということである。その仕事はたしかに〈鮎川信夫〉名ではない。しかし、ここで私が連想するのは、中桐雅夫が戦時中、『海軍の父　山本五十六元帥』（矢貴書店、一九四三）という子ども向け伝記を、本名の白神鉱一の名で書いていたことだ。それにもかかわらず、戦後の「荒地」第一号で回想記「Lost Generation の告白」を書き、そこで自分自身の戦争協力の事実にふれなかったことが一九八〇年代になって判明し、批判された。櫻本富雄が指摘し、北川透も中桐雅夫論でふれているが、ここでは深入りしない。鮎川自身が吉本隆明との対談「詩人の戦争責任と意識」（「現代詩手帖」一九八一年十二月）で語る部分から考えてみよう（鮎川は『疑似現実の神話はがし』（思潮社、一九八五）でもこの問題にふれている）。

対談では、当時中桐は「読売新聞」記者で海軍担当であり、記事として海軍向けの記事を書いただろうし、そうした仕事の流れの中で中桐が少国民向けの国策的な伝記を書くのはありえることだと鮎川は発言する。書いたことじたいには理解を示している、と言えよう。そして、傷病兵としてすごした療養所でその本を読んだが、特に問題を感じなかったと言う。しかし、「Lost Generation の告白」との関係を問われたら「一言もない」だろうと発言し、自分も父親の雑誌に筆名で盧溝橋事件の際、愛国的な文章を書き、それを今問われたら「ちょっと困る」と語るのだ。しかしそれは中桐と同じように「半人前」の時の仕事だったから、と深めることなく通過してしまう。その上で吉本が『初期ノート』などで、十六、七歳の頃の愛国詩を明らかにした上で戦後を出発していることを「きみなんか初めから全部出していたし、また早くからみつかったし」と語り、自らにも関わっていることとは考えない。

私は、ここに鮎川の語りの構造が関わっていると考えている。盧溝橋事件は昭和十二（一九三七）年七月におきている。つまりこれまで検討した最初期詩篇が書かれたのと同時期である。鮎川は一方で鮎川信夫名で少女雑誌に詩を投稿し、一方で別名で父の雑誌「向上之友」に「愛国的な」文章を書いていた、ということになる。そしてそれは「LUNA」や「新領土」加入後の、昭和十三年八月以後も続けられた、ということが年譜をつきあわせれば明らかになる。私を含め

『海軍の父　山本五十六元帥』（1943年）

てほとんどの鮎川の読者は、この事実に注意を払っていなかった。私などは、父の雑誌を手伝っていたのは、詩人として活動する前の家族としての手伝いで、それも不本意に少し関わったくらいだろう、とぼんやり考えていた。

ここでつけ加えると、中桐の『山本五十六元帥』のカバーの著者名には、海軍省黒潮会会員と明記されている。黒潮会とは海軍担当の新聞社政治部の記者クラブである。その立場で書いたということだが、では詩人・中桐雅夫と彼が記者として書く戦争報道の関係は問われなくてもいいのだろうか、ということになる。黒潮会とは虚構の戦果を発表し続けた大本営発表の新聞社側の受け皿だったからだ。

そして、鮎川の帝国文化協会に関わる仕事も、同じ構造にあると考えてもいいはずだ。しかし、鮎川にしてみれば、「武村隆太郎」などの筆名は明らかにしてあるし、手伝って文章を書いていたことも公にしているのだから、愛国的な文章を書いたことを隠しているつもりはなかったろう。別名「武村隆太郎」は鮎川本人には「鮎川信夫」とは別人格ととらえられていたのか。父の仕事から離れるとともに「武村」も離れた、と自己解決していたのか。つまり「鮎川信夫」も別名もつくられた人格として、並行して執筆活動を続ける位置づけが彼の中にあったということだろうか。

このへんが鮎川を理解する上で、非常に分かりにくいところだ。ペンネームを複数持っている作家はいるが、彼のように私生活がからんだものではない。この「鮎川」と別名が並行した関係は、戦後の、妻・最所フミとの私生活を切断した、つまり現実とは別の「鮎川信夫」をつくり続けたことにも共通したものがあると思う。

鮎川は「書かれた私」と「現実の私」は異なると繰り返し発言していた。鮎川自身はこの構築性について、充分自覚的で、読者に留意を呼びかけていたとも言える。しかし、「鮎川信夫」と別名との関係を彼自身が充分考え抜かなかったことによって、現実の「私」を含めた表現の可能性を閉ざしてしまった。それは彼の払わなければならない代償だった。いや、そのことを受容していたのかもしれない。

ただ、鮎川は帝国文化協会の仕事を手伝ったことを無化したわけではない。戦争責任をめぐる論争を総括した「戦争責任論の去就」では、吉本隆明の、自らの戦争中の自己批判から出発する方法を評価し、「私は、厚い外被のしたで保護されて、これまで無傷ですごしてきた自己の内なる人を恥じて出直さなければならぬ、とはじめて感じた」と自己批判している。この「出直し」が、戦争期の「私」、いや「内なる人」を問い直す、『戦中手記』の発表（一九六五）だったと私は考えている。それゆえ『戦中手記』はきわめて重要だ。

「鮎川信夫」を構築することは、彼にとって〈外なる私〉をつくるという単純なものではなかった。また、批評の場合と異なり、詩の場合は構築的（意志的）なものと無意識的なものが混在するし、その境界も曖昧になる。いや、その境界に分け入っていくことこそ、鮎川にとって詩を書く行為だったのだろう。そして時期により、その様相は変わっていった。

第三章　〈荒地〉の発見

1　森川義信をめぐって

『戦中手記』を検討する前に、森川義信のことを書かなければならない。鮎川にとって、森川との出会いは決定的だったからだ。そして、森川の死を考え抜くことが、『戦中手記』を書く重要な契機となり、鮎川の戦後の仕事にも深く関わっていく。彼は生涯森川義信のことを書き続けたと言っても大げさではない。

特に森川の書いた「勾配」（「荒地」四号、一九三九年十一月）という作品は、「「勾配」を読んで、はじめて私たちのための詩を発見したという喜びで心が高鳴ったのを、今でも忘れることができない」（「詩的青春が遺したもの」）と高く評価し、「戦後の「荒地」の詩の原点」（「森川義信」、『日本国民文学全集』月報三一、河出書房、一九五八）と位置づけた。

森川との出会いは、一九三七年。鮎川が書くところによれば、本人から葉書が来て下宿をたずねたという。以来、毎日のように交流が続く。鮎川は早稲田第一高等学院、森川は第二高等学院で校舎は別だったから、交流はもっぱら根城にしていた新宿だったらしい。森川は一九三九（昭和十四）年に大学を中退し故郷にもどったため四一年に兵役にとられ、四二年に戦病死してしまう。つまり鮎川との東京での交流はほんのわずかだった。鮎川宛ての遺書が役場に託され、「生前の厚誼を謝し、君の多幸を祈る」というものだった。さらに、『戦中手記』によれば、彼からの最後の手紙には「僕のことを思ひ出すことがあったら『魔の山』の最後の一頁を読んでくれたまへ」とあった。その最後の一頁とは「元気でゆきたまえ、きみが生き続けるにせよ、たおれるにせよ！　きみのゆく手は暗い」という言葉で始まる。森川の死を知った時、これらのメッセージと重ねて鮎川は「勾配」を読み返し、託されたものと考えただろう。「勾配」の全篇を引用しよう。

勾配

非望のきわみ
非望のいのち
はげしく一つのものに向って
誰がこの階段をおりていったか

時空をこえて屹立する地平をのぞんで
そこに立てば
かきむしるやうに
悲風はつんざき
季節はすでに終りであった
たかだかと欲望の精神に
はたして時は
噴水や花を象眼し
光彩の地平をもちあげたか
清純なものばかりを打ちくだいて
なにゆえにここまで来たのか
だがみよ
きびしく勾配に根をささへ
ふとした流れの凹みから雑草のかげから
いくつもの道ははじまってゐるのだ

この詩の前提には、戦争期の中での絶望があるのは言うまでもないだろう。兵役は遠い日ではなかった。非望とは、その中でなお希求することだと私は受け取る。奈落の底に引きこまれるような日々の閉塞と緊張を、階段や悲風で描き、最後に「道ははじまってゐる」と希望への確信を記す。いや、鮎川の言葉を引用したほうがいいだろう。「〈階段〉と〈勾配〉のそれぞれの傾斜線が、さまざまな意味と映像の次元で〈地平〉線と交叉し、目を奪って変幻する——その過程が、私たちの運命的な事情と重ね合わせて、たいへんドラマティックに感じられた」「〈階段〉は単に〈勾配〉の暗喩ではなく、多分に内向的な意志を秘めた意味を担わされており、ふたいろに描かれた〈地平〉は、望んで得られなかったものの時代的な悲痛と、欲望に応えるかのような幻想のそれとを示していて、やはりゆれうごく動的な線として捉えられているのである」（「詩的青春が遺したもの」）。

この鮎川の言葉は、第一章で検討した〈世界〉に関わってくるものであると私は考える。〈階段〉と〈勾配〉という〈地平〉によって描かれた世界像が自分たちを含めた時代をこれまでにない形で表したと受け取ったのだろう。しかし、もっとも大きかったものは、「勾配」を読み、自分たちの状況を告知する〈世界〉像を持つ「私たちのための詩」がありうることを実感し、自分も「私たちのための詩」が書きうると確信したことだと思う。この時、おそらく鮎川はモダニズムから離脱したのだ。なぜなら、すでに検討したようにモダニズムに影響を受けながらそれに飽き足らず、プロレタリア詩にも民衆詩にも向かわなかった彼（ら）は、「私たち」の表現を探していたからだ。「非望」という言葉によって表される〈世界〉を超えるもの、「運命」とか「道」

という言葉で考えただろうが、そうしたものに向かうことによって「活字の置き換え」の詩を脱していったのである。

だが、この時点で鮎川もまた詩的な水位は高まっていた。「勾配」の中心的な言葉「非望」や「地平」は、鮎川が同じ年に書いていた「非望の自転」(「新領土」二十六号、六月)に使われている。それは「勾配」とも共通する世界が表現されている。その第四連を引く。

樹には吊された肉体がある
死の影が拡大される
不毛の地図には
白亜の建築が聳え立ち
祈のない叫び声と
歯のない哄笑とが
不断に闘ってゐるときに
不思議な糸車は
呟きのやうに廻ってゐる
爽やかな朝に墓場の鍵が配られたとき
蒼ざめた肉体は

欲望に乾いた皮膚を脱いで
梯子を登るのである

未完とされている作品なので明確なことは言えないが、死の影が漂う世界に糸車が廻っているイメージは、鮎川の危機の時代のイメージだろう。墓場の鍵とは、死の知らせ、兵役と具体的に受け取ってもよい。「勾配」ほど凝縮されたものではないが、森川はおそらくこの作品の急迫するイメージと「非望」という言葉をふまえ、「勾配」を書いたに違いない。

2 「荒地」の共同性のはじまり

当時の「荒地」や「LE BAL」の若い詩人たちにとって、仲間の言葉やイメージをふまえて詩を書くことはよくあることだった。それは引用というような、典拠をあきらかにしたものでもない。無造作に使われ、使われたほうもこだわらない。鮎川ももちろんこの「非望」が自分の詩の言葉だった、ということを知った上で「わたしたちのための詩」という言葉を使ったはずだ。

この「わたしたち」とは、すでに見てきたように、鮎川がこれまで「若い世代」とか「ヤンガー・ジェネレーション」と書くものと一致する。それは戦後の鮎川の詩論までをつらぬく基軸となったし、やはり戦後の中桐雅夫「Lost Generation の告白」や北村太郎「空白はあったか」など、「荒地」同人の批評にも広がる「われわれ」の意識となる。言葉やイメージが共有のものとしてあり、それを使って詩を書くことが方法として許容されていたのは、戦争という、「わたしたち」に共通の状況が強いる、異例の事態ゆえに行なわれたというのが中桐雅夫の立場だが（「「われ」から「われわれ」へ」、「国語通信」一九六九年十一月）、鮎川によって始められた複数主体の批評が、「荒地」や「LE BAL」のメンバーに共振していったということがあった。

このことは多くの論者たちが、「荒地」の共同性として論ずるところだが、共同性が可能だったというこの時代の幸運と、戦争体験の核心的な部分を共同性の中に委ねてしまったという問題を考えなければならないだろう。後に一九五〇年代になって共同性が解消し、同人たちが個々の問題に入っていった時、そこで新たな議論が生まれなかったのは、共同性が有効に機能してしまった中で、自分自身の戦争体験を充分掘り下げずに来てしまったことに原因があると私は考えている。

しかし、戦争期に、自らの運命を見据え、それにあらがいながら自由と希望を見出そうとして詩を書き続けた若者たちの営みは、文学史、いやもっと広く精神史としても、現在までを照らす輝きを持っているのではないだろうか。「非望の自転」、「勾配」のように、言葉やイメージを往還しながら螺旋形のように、鮎川や森川、牧野虚太郎らの若い仲間たちの作品が書かれていった。鮎川は、自分の詩がそのような詩的共同体の中で生成し、成立していったことを充分自覚していた。だから、彼の評論は、その詩的共同体のために書かれる、という意識があったのではないだろうか。それが複数主体の「われわれ」を選ばせたのだと私は考えている。つまり、鮎川が「われわれ」と書く時、自分たちの詩的共同体の媒体として書いているという意識があったに違いない。それは明示的なものでも言語化されたものでもなかったから、戦後に至って繰り返しこの詩的な共同体について書かなければならなかった。

しかし、鮎川は、晩年に刊行した『失われた街』(思潮社、一九八二)で、「勾配」に新しい解釈を加える。「私たちは、森川の詩を、まだ本当には理解していないのではないか」と問い、「勾配」が「恋愛の挫折を代償として成立した作品」だったと記すのだ。『失われた街』によれば、森川は同人仲間のTさんに思いをよせていた。鮎川、森川、Tさんの三人で箱根に遊びに行く計画があったが、鮎川は森川に降りるように言われ、都合が悪くなったことにして東京に残る。森川はTさんと行くが、結局恋愛は進展しなかった。森川の失恋に自分が無自覚に関わってしまったこと、そして森川は失恋しなかったら大学を中退せず、兵役も遅らせることができたはずだと回想する。鮎川は森川の死に、自分が知らないうちに関わってしまったと考えてしまう。

「勾配」の底に恋愛の「非望」があったとしても、太平洋戦争開始直前の閉塞の中での青年の「非望」を見事に描いた作品であることじたいは変わらないのではないだろうか。ただ、次のような一文はかえって憶測を呼ぶ。

失恋に終ったTさんとの恋愛で、森川はこの詩を書くことによって一発逆転を狙ったのだと、私はいつから考えるようになったのだろう? ずっと以前からとも言えるし、ごく最近のこと

（『失われた街』）

とも言える。

この曖昧な書き方は、「勾配」の成立の底に恋愛があったことを、当初からまったく意識していなかった、ということはないと鮎川が語っていることになる。牟礼慶子は『鮎川信夫からの贈りもの』で、直接Tさんに問い合わせ、箱根行きが「勾配」の発表より後である一九三九年一二月であることを突き止め、恋愛と「勾配」は関係ないと結論づける。

本書は、鮎川の評伝ではなく、私は彼の私生活を必要以上に追跡するつもりはない。しかし、森川と鮎川の関係は鮎川の〈荒地〉観に関わってくるし、またこれまで考えてきた〈構築〉の問題でもあるので、「勾配」に関する私自身の見解を書いておくことにする（森川との関係については第十章で詳述する）。

連載「失われた街」が雑誌で終了し単行本になった際、「後書き」のように付け加えられた第七章がある。そこにことさら思い出したように、森川は「絵の道具類」を誰かにやってしまったようだが、それはもしかしたら、「私がもらったのではなかったか？」と書く。またしても、曖昧な書き方だ。鮎川は「軍隊に入る一年ほど前のある時期」に、絵を描いていたことがあった。この「絵の道具類」になぜこだわるのか。

森川の遺族が保管していた鮎川の森川宛書簡（「現代詩手帖」二〇〇一年十一月号に掲載される）を読んでいくと、鮎川は「絵の道具類」を実はTさんからもらっていたことが分かる。

Tさんから絵の具を貰った。とっても汚してあるので掃除をするのに大骨を折った。割合に元気らしい様子であった。

（一九四〇年七月一日付、森川義信宛書簡より）

「絵の具」と書いてあるが、掃除が大変だったということならば、「絵の道具類」と解せる。鮎川の応召は一九四二年だから時期的な不整合はなく、この「絵の具」は、『失われた街』に書かれた「絵の道具類」のことだろう。つまり、鮎川とTさんは箱根行きの事件があった後も「絵の道具類」をもらうほどの交流があり、そして森川に彼女の様子を報告しているのである。森川に手紙で伝えようと思う程度には、鮎川は森川と彼女のことをどちらかから聞いたということになる。鮎川の眼から見れば、「勾配」に恋愛が関わっていたと考えたとしてもおかしくはない。

森川についても、「勾配」の発表が十一月、箱根行きが十二月だとしても恋愛が無関係とは言えないだろう。人は失恋したから悲歌を書くとは限らない。愛の中で悲歌を書くこともあるのである。鮎川は時期の記憶を誤り、失恋後「勾配」が書かれたと考えたが、愛が森川を飛躍させたと鮎川が考えたのは根拠が無いことではなかった。

いずれにせよ、母岩社版『森川義信詩集』（一九七一）の「勾配」の解説には、「愛とは、心の傾斜にほかならぬと誰が言ったのか。その斜面に立っているのは、自然を、人を愛することにおいて過剰でありすぎた青年の姿であった。現実の傾斜、時代の傾斜は、遥かな地平とはげしく交叉し、青春の苦闘は空しく悲運のうちに終りを告げようとしていた」と、恋愛という視点で見ても正確な批評を鮎川は書いている。

『失われた街』で鮎川が試みたのは、これまで自らの影のように書いてきた森川を、自分の知らない他者として探求する、ということではなかったか。それは彼にとって「森川義信の戦後」から離脱することのはじまりだったはずだ。

3　荒地とは

鮎川の考えた詩的共同体の前提として、雑誌「荒地」とエリオットの詩「荒地」を検討しなければならない。雑誌「荒地」は一九三九年三月創刊。日中戦争は続き、その年の九月には英仏が対独戦布告、第二次大戦が勃発するという時代だった。編集・発行人は鮎川で、彼にとって書く場としては「LE BAL」、「新領土」の他「文芸汎論」もあったのだから、相当強い意図を持っての創刊だったに違いない。創刊号の目次を見てみよう。

創作

邂逅　山野淑雄

撒かれた秋　吹田作

泥沼　伊藤茂二

詩

唄　鮎川信夫

初夏　小松崎省吾

夜　金炳文

小品

海峡　酒瀬川伝

薔薇　藤井雅人

翻訳

ロマンの問題　フェルナンデス　本條昇訳

＊

第１次「荒地」創刊号（1939年）

「積雲」を読んで　阪井弘治

人間について　藤井雅人

目次を見るかぎり、「創作」と名づけられた小説があり、詩、小品がある総合的な文芸誌と呼ぶべきだろう。これは、戦後に「荒地」復刊を考えた際にも初期の案に踏襲されており、鮎川の考える総合的なものとしての〈詩〉のありようを反映したものだと私は考える。だが鮎川はこの時点では、小説を父の雑誌に書き、小説を本格的に書いていくことも排除していなかった。創刊号の後記でも、「我々は『荒地』の出発点を、現代文学の不安と混沌の中に持った」と書き、「文学」全体を扱おうとしている。

この時の同人は十一名、鮎川の学友が中心となる。「荒地」のめざしたものは、他にはない「自分たちの表現」であるが、それが森川の「勾配」として第四号に載り、形になったのは大きな達成だった。しかし残念ながら「荒地」は第五号まで出したあと「文藝思潮」と改題し、六号（一九四〇年十二月）までしか続かなかった。

誌名の「荒地」は鮎川の発案ではないが、扉には彼の意向でエリオットの「荒地」の詩句を載せている。第五号には、鮎川と桑原英夫、金炳文の共訳でエリオットの「荒地」第五部が掲載されている。鮎川にとってエリオットの詩「荒地」とは何だったのか。

「四月は一番残酷な月」という、有名な一行で始まる「荒地」は、一九二二年十月にエリオット編集の「クライテリオン」誌に掲載され、一躍注目された。その後のイギリス、いや世界の詩に大きな影響を与える。鮎川はエリオットを「詩と詩論」で読んでいた。「新領土」には、一九三八年八月号に「荒地」第一部「死者の埋葬」が上田保訳で掲載されている。

「荒地」の最新の翻訳である岩波文庫版の訳者・岩崎宗治の解説に「『荒地』は発表当時、第一次大戦後のヨーロッパの荒廃を意味するものとして受け取られた。一九二二年の当時において、それは正しい理解であった」(『荒地』二〇一〇)と書かれているように、日本においてもそのような文脈でとらえられ、当時のモダニズムの思潮の中で受容された。だがもともとエリオットは、様々なヨーロッパの古典を参照し「荒地」を書き「そうした時事的関心を越えて、人類史の中の死と再生についても深い洞察を含んだ詩である。「荒地」という題名は、中世ヨーロッパのアーサー王物語の中の聖杯伝説からきている」(同)という、時代を超えたテクストと考えるべきなのだろう。

当時の鮎川がそうした古典をふまえていたかは不明だが、〈荒地〉を来たるべき戦後に向けて考える時、それが再生に関わっていたことをふまえようとした。なぜなら『戦中手記』は「荒地の蘇生」と副題がつけられ、戦後発表しようとしていた原稿も「「荒地」の蘇生」だったからだ。

「荒地」の鮎川訳の冒頭を引く。

1 死者の埋葬

四月はいちばん酷い月、不毛の地から
リラを花咲かせ、追憶と
欲望をつきまぜて、春雨で
無感覚な根をふるい立たせる。
冬はぼくらを温くしてくれた、忘却の雪で
地上を覆い、乾いた球根で
あわれな生命《いのち》を養いながら。
夏はぼくらを驚ろかせた、驟雨といっしょに
スタルンベルガー湖をこえてきたから。ぼくらは柱廊で雨やどりし、
陽が出てから、ホフガルテンにいき、
コーヒーを飲み、一時間ほどおしゃべりをした
（以下略）

（『現代世界文学全集』別巻1、河出書房新社、一九六九）

「不毛の地」は春と対比され、若々しい再生が語られる。四月とは、冬をこえた生命の再生の月でもある。鮎川の訳文も生き生きとしている。誌名の「荒地」について創刊当時は「不毛に終わるかもしれない私たちの文学的前途を暗示していて恰好のものであるように思えてきた」（「詩的

青春が遺したもの」）と書いているように、第一次大戦後の荒廃を考えたが、戦争を通過し、それに新たな「再生」の意味を込めるようになったと私は考えている。これは『戦中手記』の中心的な課題であり、五章で検討する。

4　囲繞地としての空間

鮎川は「囲まれた土地」という意味の「囲繞地」の題名のもとに、詩作品、アフォリズム、批評と形を変えた四つの作品を書いている。戦争を通過して書かれた四者に同じタイトルをつけることを十分意識して行なったものと思われ、鮎川の世界像を〈荒地〉とは別の視点から見る上で重要だ。ここにその連続を整理してみよう。

「囲繞地」(1)　「文藝思潮」六号、一九四〇年十二月、「余白」「飽和せる会話の散歩道」「演技について」「対位」「推移」「観察」「言葉」等の言葉を冒頭に書き始められるアフォリズム

「囲繞地」(2)　「新領土」四十一号、一九四一年三月、二人称「あなた」で書かれた六連の長詩

「囲繞地」(3)　「詩集」二十八号、一九四一年九月、作家の生涯と世代、時代をめぐるアフォリズム

「囲繞地」(4)　「純粋詩」十四号、一九四七年七月、「現代詩について」と副題のつけられた詩

四者は私（たち）の場と閉域との関わりが共通のモチーフになっていると思われる。⑴に呼応して⑵が書かれ、⑶は少し距離をおいて書かれている。⑷は「囲繞地」というイメージを戦争下で保持したまま、あらためて戦後の状況の中で書かれたものと思われる。同時期の批評と若干重なっている。最初の「囲繞地」が書かれた一九四〇年といえば、前年にヨーロッパではナチス・ドイツがポーランドに侵入し、日本国内でも戦時統制がますます強くなっていた時だ。『戦中手記』から当時の鮎川の心情を引用すれば「僕らは社会の進む方向が暗い方に向っているのを歴々と感知しながら、一九四〇年以後の生活を送ってゐたのである。（中略）我々は理想の負担を忘れてでも周囲の状況に適応しようとしたが、結局に於て我々はさほど破廉恥にはなれず、不可能であった。我々は黙々の中に絶望した。我々は表現せんと試みることに先づ疲れ、「時は一体これをどう解決してくれるのだらうか」との問を残して一切を投げてしまった」という、いわば自棄の中にいた。

一つの世界が崩壊するという感覚、破局に確実に向かっており、自分もその中で死ぬという感覚がいきつくのは自棄と頽廃だった。しかし、「〝荒地〟を囲繞してゐる社会とか時代」という言葉を使っているが、「囲繞地」という言葉を見出せたことで、詩人は表現への足がかりをつかんだのではないだろうか。今なら一九三〇年代末の日本を、「出口の無い閉塞」と整理することは可能だが、その中で生きる人々にとっては、日々をしのぐだけがすべてで、明日のことなど想像しようがなかったに違いない。すでにマルクス主義も西欧的自由主義も壊滅し、分断された個人だけがあった。その個人＝私は、やがて応召し、死線をさまようことになることを鮎川は思い知っていた。詩友、牧野虚太郎の死に際して追悼文を書いたのは、この四一年である。

一つの時代を「囲繞地」としてとらええたということは、そこから距離をとった場所にいたということになる。「囲繞地」を越えていこうとする志向と、その中で絶望せざるをえない心情が、戦前に書かれた「囲繞地」では交錯する。個と世界の関係は⑴では物語的なものを含めた様々な方法で語られる。そして最終部で「私」の中に大変化があったとしても、それは世界全体からは不可視であるのだから、「人と人との間に横たはる脈絡は、生涯の一番深い謎である」ととらえ、それを常に新しい方法によってとらえていかねばならないと、最終的には表現することを前向きに書く。

しかし、⑵では、そのような前向きな力は消え、鮎川にある深い孤絶が描かれる。「あなたを愛する者はない　あなたには人の背中しか見えぬ」と繰り返され、

いつのまにか樹木は枯れてゐた
誰のものでもないと思ってゐた樹木
貧弱な幹に大きな葉をつけてゐた樹木

それがあなたの樹木だった
葉はぬけ落ち　黒い幹が囲繞地の隅に忘れられた
もはやあなたを導くものはない
木質は腐り　陽に焼かれ　蠟のやうに流れた

と世界からの孤絶が書かれる。ここにあるのは囲繞地の中の絶望だ。
この長詩は全六連が、ゆるやかに外界から内界に、都市の風景から部屋へ、内界へ移っていく構造をとっている。その過程で繰り返し孤絶が記される。鮎川の底にあった心象を解放した作品だと言ってよいかもしれない。しかし、最終行に全体のバランスをくずしてまで次の二行が書かれる。

だがあなたは僅かに口を利くことが出来る筈だ
〈まだ見ねばならぬ　まだ聞かねばならぬ〉

これは詩の行というよりは、作者の決意表明のようなものだろう。このような生な言葉を用いる必要があるほど追いつめられていた、と理解すべきだろうか。(3)は作家の表現が限定される時空間について客観的に書いていて、これらをあわせたものが、応召前の鮎川の閉塞感を表しているだろう。戦後の(4)ではその閉域が連続したことが語られる。

5 架橋する言葉

だが、応召前に書き、三好豊一郎に「遺書のようなつもり」で託した長詩「橋上の人」は、「囲繞地」を越えて新たな世界像を模索した作品と言える。

この詩を「戦前、戦中における私の詩的な総決算のつもりで書いた」(「詩的自伝として」)鮎川は、出征する。改稿の上、戦後にあらためて発表されることになるこの作品は、鮎川の戦前期における最後の作品となり、三好から掲載誌を受け取ったのは、インドネシア・スマトラ島の守備隊での軍務中だった。

初稿の冒頭の連と最終連を引く。

高い欄干に肘をつき
澄みたる空に影をもつ　橋上の人よ
啼泣する樹木や
石で作られた涯しない屋根の町の
はるか足下を潜りぬける黒い水の流れ
あなたはまことに感じてゐるのか

澱んだ鈍い時間をかきわけ
櫂で虚を打ちながら　必死に進む軸の方位を

花火を見ている橋上の人よ
あなたはみづからの心象を鳥瞰するため
いまはしい壁や　むなしい紙きれにまたたく嘆息をすて
とほく橋の上へやってきた
人工に疲れた鳥を
もとの薄暗い樹の枝に追ひかへし
あなたはとほい橋の上で　白昼の花火を仰いでゐる

（中略）

熱い額の　橋上の人よ
あなたはけむれる一個の霧となり
あなたの生をめぐる足跡の消えゆくを確め
あなたは日の昏れ　何を考へる
背中を行き来する千の歩みも

忘却の階段に足をかけ
濁れる水の地下のうねりに耳を傾けつつ
同じ木の手摺につかまり　同じ迷宮の方向へ降りてゆく

怒の鎮まりやすい刹那がえらばれて
はたして肉体だけは癒る用意があるかのやうに
うるんだ瞳の橋上の人よ
日没の空にあなたはわななきつつ身を横たへ
黒い水のうへを吹く
行方の知れぬ風のことばにいつまでも微笑を浮べてゐようとは

（中略）

どうしていままで忘れてゐたのか
あなた自身が小さな一つの部屋であることを
此処と彼処　それも一つの幻影に過ぎぬことを
橋上の人よ　美の終局には
方位はなかった　花火も夢もなかった

風は吹いてもこなかった
群青に支へられ、眼を彼岸へ投げながら
あなたはやはり寒いのか
橋上の人よ

（「橋上の人」部分、「故園」二号、一九四三年五月）

この詩は橋の上にたたずんだ「橋上の人」の視点とその全体を俯瞰する視点から書かれている。橋という、境界をつなぐ設定は、「此処と彼処」、「過去と未来」あるいは「戦前と戦後」のようだ。「橋上の人」は河岸をみつめるが、しかし、詩はそれに何も与えない。しかも最後には「橋上の人」が幻影であることが語られ、「美の終局」には、何も無かったことが書かれる。これは鮎川の「絶望」を表したと言ってよいだろう。川をみつめる「橋上の人」が「寒い」と感じているであろうことを、つまりその孤独を書き、この詩は終わる。

私はこの詩に森川の「勾配」の影を見てしまう。森川が当時の世界像を、勾配のある道をおりていくという形象でとらえたように、「橋上の人」もまた、「濁れる水」の方へ「降りてゆく」。「橋上の人」も、橋や川も、それを空中から見ているような形象も、鮎川の世界像を表している。それは「絶望」のまま未来に向かっていくかのようだ。

三好豊一郎から掲載された雑誌「故園」が南方の戦地まで送られてくると、軍隊生活の中でそれを読み、手を入れたことが『戦中手記』の終末部に書かれている。それは「かぜのことば」として「星の決まつてゐる者はふり向かぬ」という一行を追加するということだった。「かぜ」は吹いてもこなかった、と「絶望」を書くのだから、「かぜ」は希望や未来をあらわすのだろう。追加する行の「星」とは、運命をさすのだろう。「運命」とはおそらく「大日本帝国の滅亡」であり、「ふり向かぬ」とはそれを確信しながらも応召した鮎川の生き方（次章参照）、そのゆるぎない世界認識を刻印しようとして書かれたのだと私は読む。この一行を加えることによって、戦争期を透徹した認識で通過したことを表そうとしたのではないだろうか。逆に言えば、希望と決意を書くことによって、『戦中手記』を書いた四五年三月の時点で戦争は彼にとって終わったものとなったのだ。

「橋上の人」は、改稿され、第二稿（「ルネサンス」九号、一九四八年六月）が発表される。追加の部分は次のようになった。

橋上の人よ
日没の憂愁に身を沈めて
洪水のあとのやうに疲れ
あなたは行方の知れぬ風の言葉に
いつまでも微笑を浮べて立つてゐる
星のきまつてゐる者はふりむかぬ

さうしてたしかに闇黒は来る
星のきまってゐる者の
空にまたたく光のために

最終部も「風は決してあなたに囁やいたりしなかった」となり、風は吹いているのだ。戦後に書かれた「橋上の人」は、戦前と戦後を接続させ、両者を生きた総決算を書こうとした、新しいモチーフの作品と考えるべきだろう。戦中に「かぜのことば」を着想し追加したならば、初稿の終連も風は吹くものとして改稿されなければならなかった。

つまり、〈絶望〉のかわりに希望が一つの決意として第二稿では書かれているのではないだろうか。さらに一九五一年に発表された「橋上の人」第三稿（「文学51」）ではこの部分は次のようになっている。

橋上の人よ、
霧は濃く、影は淡く、
迷いはいかに深いとしても、
星のきまっている者はふりむこうとしない。
そして濡れた藻と青銅の額の上に、

夜の環が冷たくかぶさってくる、
星の決まっている者の、空にまたたく光のために。

「橋上の人」第三稿は、戦後の日常風景も入れこみ、八連の詩とした。この作品は「囲繞地」とともに、戦争期と戦後を架橋して、書き継がれた作品である。〈世界〉を超えるものと言語によって向き合おうとした時、橋、架橋という〈像〉を得たのだろう。架橋は鮎川にとっては、過去と未来、外と内などを結ぶ、詩における中核的な方法となった。

第四章　戦下の覚醒

1　応召まで

だが、この時代の鮎川の世界像には、前提となる重要な視点があった。「荒地」は「文藝思潮」と改題するも、一九四〇年以降出ていない。中桐雅夫の主宰する「詩集」も一九四〇年代に入ると、雑誌の整理統合の方針により「山の樹」、「葦」と強制的に合併させられ、編集も中桐から井手則雄に変わっていた。ついには四二年九月に終刊。「新領土」も四一年に終刊しており、真珠湾攻撃から緒戦の勝利にわく世相の中で、鮎川に詩を書く場所はなくなっていく。四一年に「囲繞地」他四篇を発表した後、四二年にはわずか二篇しか発表していない。この時、自らの総決算と言うべき「橋上の人」を書いていたのであるが。

鮎川は四一年十月十七日の日記に「今日こそ街から帰ってN・Tの滅亡を予言することが出来る。この悲しむべき事実の予兆を一体誰が考へてゐるだらうか。私の数年前からの危惧が漸く明瞭りした形となって次第にこれから現れてくるであらう」（『鮎川信夫全集』第二巻）と書いている。N・Tとは日本帝国を意味する。

前日の十六日、近衛文麿が率いる内閣が総辞職し、この日陸軍大臣の東條英機が陸軍大将のまま首相となる。完全な戦時体制となったのであり、アメリカと戦端を開き、ヨーロッパですでに始まっていた大戦に加わることが明確になった。その結果は「国家の滅亡」に至るということをはっきりと書く、透徹した認識を鮎川は持っていた。

この認識は西欧の情勢を注視してきた鮎川が導き出すことのできた、彼にとってはきわめて論理的な帰結だった。しかし、総動員体制に傾斜する当時の雰囲気の中で、戦争に負け、国家が滅亡するという認識に達したのは、驚くべきことだ。田村隆一の『若い荒地』（思潮社、一九六八）の「荒地」同人の座談会（「『若い荒地』を語る」）でこの記述が話題となり、当時ここまでの認識は持てなかったと同人たちは証言している（家宅捜査で日記が調べられたりすることもあったので、日本帝国をN・Tとしたこと、日付もずらしたかもしれないことを鮎川は語る）。

なぜ鮎川は世界情勢を把握することができたのだろうか。明確ではないが、公開された日記や読書目録にしばしば登場し推測できる情報源は、春山行夫が編集していた月刊誌「セルパン」である。春山行夫は、「詩と詩論」終刊後、発行元である厚生閣書店を退社し、第一書房社主・長谷川巳之吉にこわれて、PR誌だった「セルパン」の編集人に迎えられる。「セルパン」を総合雑誌として変えたいという第一書房側の思惑にのり、これまでの知識と人脈をいかして第二次大戦に向かう世相の中で独自のメッセージを発していく（春山が編集したのは一九三五年一月号から一九四〇年九月号まで）。既成の文学史の枠組みでは、「セルパン」という雑誌や春山の編集者としての活動は見落とされがちなのでここで紹介しておこう。春山は「文化雑誌の編集者には、（中略）文化の一般化ということに、思想家的、批評家的任務がある」（一九三五年三月号後記）と自らの仕事を位置づけ、批評家生命をかけて文化雑誌をつくり続けた。

「セルパン」は、春山によって海外の政治・文化を展望する雑誌として変貌した。彼がとったのはダイジェスト主義で、海外の雑誌の記事を要約・紹介していく方法だった。かつて日本でも刊行されていた「リーダーズ・ダイジェスト」のように、要約の切り口と文脈が問われる編集だ。海外政治文化紹介の記事は、欧米からアジアまで多岐にわたっており、驚くべき内容だ。

思想的にいえば、左翼勢力が壊滅した後で、日本のファシズムに対し、リベラリズムの論陣をはったと考えてよいだろう。ヨーロッパの知識人の反ファシズムの動きに注目し、行動主義、人民戦線、スペイン内戦、といった動きを追う。ジイド、マルローらの「文化擁護国際作家会議」の報告（一九三五年九月号）に始まる作家会議の連続的な追跡、行動主義特集（一九三五年五月、十月号）、トーマス・マン、ヘミングウェイらによるスペイン内戦のルポや批評（一九三八年六、七、八月号）などが掲載され、ヨーロッパの「報告」という形をとりながら、リベラリズムのメッセージを発していく。

一方、次第に覇権を強めていくスターリン主義に対しては、ヨーロッパの知識人の不安をなぞるように、スターリンとH・G・ウエルズによる公開対話（一九三五年五月号）を掲載し、その後もトロツキーとスターリンの論争（一九三七年六月号）、全頁あげてのソ連大特集（三木清、戸坂潤ら執筆の小特集「ソビエトをどう見るか」、他に小特集「赤軍粛清工作の反響」など、一九三七年八月号）といった形で追跡し、スターリン主義の問題を抉っている。またアメリカについてもルイス・マンフォード、トーマス・マンの論文を訳載する「アメリカ文化の再検討」特集（一九四〇年三月号）など、アメリカ内部のアメリカ批判まで押さえている。アジアに関しては、国際主義的な視点をとった特集「これからの日本と中国」（四〇年五月）、「日支文化の提携」（同六月）などはあるが、日本のナショナリズムによる視線という限界はある。

「私はドイツ嫌ひである。ロシアも嫌ひである。ドイツもロシアもどちらもコミユニズムになったか、ファシズムになったかしただけでどちらも何か重要なものを見落としてゐる。（中略）ガイストは国家、エスプリは思想、センスは国民だといってもいい。いまの日本に欠けてゐるものは、やはりエスプリとセンスらしい。いな、文化部面を見渡してもエスプリとセンスに欠けたガイストが、なんと幅をきかしてゐることであらう」（一九三八年七月号）と春山は編集後記で書いているが、モダニスト、自由主義者としての状況批判と受け取っていいだろう。春山は、日独伊防共協定が締結され、三八年の四月には国家総動員法が成立している時代に、国際的な自由主義の運動を紹介することで、日本の知識層に最後の呼びかけをしたのだと思う。

目次にはヴァレリー、エリオットをはじめハックスリー、オーデンなど鮎川が注目していた筆者があり、彼にとっては目が離せないものだったはずだ。紹介が長くなったが、「セルパン」のような糸口さえつかめば、第二次大戦直前の一九三〇年代末の世界の状況はかなり深く日本にも伝わっていたのである。鮎川が、戦前に日本の敗北を予見した数少ない知識人の一人になることは不可能ではなかった。

その頃書かれた鮎川の詩「神々」(「詩集」一九四二年五月)には、そうした時代状況の中での彼のぎりぎりの状況批判が込められている。

神々

匍ふもの　考へるもの
また烈しく運動するもの
神々よ　あなたの姿勢は万別なれど、
帰するところ一にして　祈りは慧き慣習《ならはし》の光明なり。

鳥瞰すれば山河
仰げば星辰の静かな明け暮れ
食なく衣服もなく、

高い処に住む神々よ。

御身は知つてゐる、世の輝かしい変貌を、
新らしい種子が新しい土地に播かれつつあることを。

御身は教へる、肉の裔《すゑ》なる者たちに、

「美しき実を結ぶ悪しき樹はなし。」

戦いは何処よりか
熱い太陽を背負ふ　神々よ
あなたの渇望が、
大いなる真昼の泉にいそぐからだ。
耐へねば……。
あなたの齢にとつてただの一瞬を。

すでに戦時下だったこの年、鮎川は二十二歳、この詩が発表された前年十二月の真珠湾攻撃に続き、アジアの各所で日本軍が進撃を続けていた。それを「世の輝かしい変貌」、「新らしい種子が新しい土地に播かれつつある」という言葉でとらえる。「神」を日本の神ととれば、侵略戦争を肯定する戦争詩としてとらえられかねない要素を持っている。

しかし、「神々」は、国家の滅亡を覚悟していた詩人が、時代を超越した存在をあえて設定し、時代の転換が絶対的なものではなく「あなたの齢にとってただの一瞬」と相対化することで、現実と対峙しようとした作品ではなかったか。鮎川がこの詩を書いた時、数か月後に卒業（つまり召集の可能性）は迫っていた。実際、卒論に「Ｔ・Ｓ・エリオット」を書くが、教練日数不足で九月の卒業は資格を得られず、十月に近衛歩兵第四連隊に入営する。詩人としての死（軍隊への入営）は、現実的に見えていた。そうした状況の中で「ただの一瞬」と書くことは、現在の状況が持続しないという認識である。それは加担しないということの表明であるように思う。もちろん、戦争に向かう超国家主義の日本を「一瞬」という言葉で相対化することはできても、その先に何があるのかは、彼にも誰にも分かりようはなかった。日本帝国の滅亡を醒めた眼でみつめる当時の心情を、後年彼は次のように語る。

人とちょっと違うのは、日本がどうなるのかという先見性は持っていた。自分の詩が変わっても、細工はしてあるわけです。（中略）かなりナショナリズムの荒波をかぶるようになったとしてもね。そういう要素があっても、かならず反対の要素を入れておいた。たとえば「神々」という詩の中で、ニーチェが出てくるんですよ。「大いなる真昼」は明らかにニーチェです。と、同時に聖書の文句も入れているんです。アンチ・クリストのニーチェはファシズムにつながりますから。今見るとちょっといやな気がしますね。

（「ナショナリズムとモダニズムが交錯する場所」、「現代詩手帖」一九八六年十月、聞き手は筆者）

ここで語る聖書からの引用は「新らしい種子が新しい土地に播かれつつある」「美しき実を結ぶ悪しき樹はなし」という部分だろう。日本全体がナショナルなものに吸引されていく中で、ナショナルな波にのりながら、ニーチェと聖書が交錯する世界をつくり、時代を相対化しようとした。聖書の世界を引用するだけでも世情に抗しなければならない時代であったはずだ。

また、「詩的自伝として」という文章の中でも、「神々」を書いた当時の心境を「この辺の作品となると、もうはっきりモダニズムとは切れていて、死を予感した世代の一員らしく居住を正そうとする姿勢がみられる。外観は端正にみえるが、しかし、内心はなかなかそうではなく、自分の詩に締めくくりをつけようとする覚悟とはうらはらに、実際は毎日放埒な生活を送っていた。軍隊に入ってしまったらどうなるかわからないという気持と、自分の詩作に早く決着をつけたいという気持で、時間がたつのが不安でたまらなかったことをおぼえている」（『鮎川信夫自撰詩集一九三七〜一九七〇』立風書房、一九七一）と書いている。国家の滅亡と自分の死は明らかだったが、そこから逃れる出口は無し、というのがその時の鮎川の心境だったのだろう。

だがはっきりと言えるのは、ここで自覚しているように、モダニズムの詩と離れ、悪化する状況の中で不安を抱えながら詩を書き続けていく方法を見出した、ということではないだろうか。それは、「勾配」以来の〈世界〉の〈境界〉と、その中で〈世界〉を超えるものに向かう姿勢である。「勾配」の場合は「非望」であるし、「神々」では「あなたの齢」と「一瞬」という言葉で示される〈時〉だろう。応召前に書かれた「囲繞地」、「橋上の人」などいくつかの作品は、〈絶望〉の中で時や空間を超えるものを探す詩人の苦闘が表れているように私には見える。応召した鮎川が三好豊一郎に託した「橋上の人」の最終連、「どうしていままで忘れてゐたのか／あなた自身が小さな一つの部屋であることを／此処と彼処　それも一つの幻影に過ぎぬことを」という行はそのことを端的にあらわしているのだと思う。しかし、〈超越〉的なものであっても、状況との緊張関係は失うことはなかった。

2 「絶望」の中で

この鮎川の応召直前の動きは、『戦中手記』に回顧されている。戦争末期の四五年に、病を得て日本へ帰還し、入所した軍の療養所で購入した巻紙に一気に書き上げたというこの『手記』には、鮎川の当時の思索の全てが書かれていると言っていいだろう。いや、この『手記』は、鮎川という個人を越えた、日本社会や日本人を考えるためにもきわめて貴重なテクストになりえていると思う。

鮎川の亡くなった後に、この『手記』を実際に見ることができた（現在神奈川近代文学館蔵）。わら半紙のような紙に変色した文字がびっしりと並ぶ。ほとんど書き直しはない。短期間に書かれたとしても、何という集中力だろう。手許に何もない療養所のベッドで、しかもまだ軍に所属しているのだから、統制が緩くなったとはいえ、消灯後に書くことは命がけであったはずだ。『手記』は「荒地」同人の竹内幹郎あての手紙の形式で書かれている。冒頭部分で、応召前の心境をこのように書く。

僕らは自由主義の形骸の文化と満州事変以来急速に促進せしめられてきた新らしい軍国主義的環境のうちに最も劇しい精神の形成期をもった。そして一九四〇年以後になって僕等が身を以て学んだところのものは絶望の二字に尽きてゐたのではなかったか。

この「絶望」とは、けっして文学的比喩ではなかった。なぜなら、前述したように一九四一年十月十七日の日記に「N・Tの滅亡を予言することが出来る」と書いているからだ。鮎川が『手記』に回想する「絶望」は、こうした認識を持ってしまった詩人が、迫り来る入営の期日を前にして、現実生活も詩的生活も全く先が見えなくなったことを示している。鮎川にとっては論理的な根拠があるだけに、自分の主観では「絶望」を否定することはできない。しかも「滅亡」を確信した上での軍隊への入営は、秋に迫っていたのだ。

人が絶望の中で、時に全てを放棄するように、三章で書いたように鮎川も自棄におちいる。「感覚的な刺戟を追う事、それが唯一の時の消閑法であり、それ以外の事はすべて「時は流れ去れ」となってしまった」とし、賭博や酒、夜の享楽に流れたことを回想する。しかし、鮎川はあることに気づく。生活と思考の頽廃の中、享楽に身をゆだねてすごしていると、時間はただ同じように流れ去っていく。今日の午後三時と昨日の午後三時は何が変わるのだろうかと思えてくる。時は永遠に等質のまま流れていくのだ。

ところが、人間は永遠には生きられない。自分が死ぬ時、自分にとって時間は停止し、異質なものになる。「永遠に流れる時間に棹をさすもの」は、死だ。時間の質を変えるものは一般的な死ではなく、「私の死」や「身近なものの死」だ。個別具体的な死によって、時間は異質にならざるをえない。森川、牧野が死に、いま自分は召集され、死を迎えることは確実であり、等質に流れる時間は、いつかは終わる。

そのことに思い至った時、「絶望」の中の静止した場所から詩人は別の場所に歩みだす。鮎川が転換を書く『手記』の部分を、少し長いが引用しよう。

無数の変化しなくなったものの堆積が、我々には新らしい生を覚醒させるときがある。〃荒地〃であることによってM〔森川〕もK・M〔牧野〕も今日に存在しつづけることができるように計る者は、すべて「死」の理解者であり、無名にして共同のものの讃美者であり、優れた個人たり得る者である。我々は一旦理解したからには、理解するに至ったよき秩序を不断の努力を持って表現するように試みなくてはならない。（中略）一人で死んでゆかなければならぬ人間にとって、死の一般的観念などは無意味であり、且現実に不在のものといふべきだ。「A

の死、Ｂの死」といふ個別的な死を我々は目撃するのみである。科学の世界に於ては地球は太陽の周囲をまわってゐるが、詩に於ては太陽が地球の周囲をまはってゐる。認識の相違にすぎない。どちらも真実なのである。（中略）僕が科学と詩の例をとって説明しようとしたことは、要するに、〝荒地〟はやはり〝荒地〟によって説かねばならぬのであって、他のなにものも容喙することを許さぬものである。

この部分は『手記』の核心の一つだ。死が「新らしい生」となることがありえることを、それも詩によってありえることを、鮎川はここで書く。

「人がなぜ死ぬのか」という問いは、科学によって解明することができる。それは死の「一般的観念」にすぎない。しかし、「私がなぜ死ぬのか」、そして「森川が、牧野が、なぜ死んだのか」（傍点筆者）という問いに、科学はもちろん答えることはできない。個の死、それは文学＝詩の問題であり、詩の問題とは、鮎川にとっては、共有していた〈荒地〉の理念だった。森川や牧野の死、さらに、来ることが確実な自らの死を「理解」することは、無名にして共同なるものをそこに見出すことだと記す。それは「新らしい生を覚醒させる」ことになる。そして、「理解するに至ったよき秩序を不断の努力を持って表現するように試みなくてはならない」と、詩を書き続けていくことを課すのだ。『手記』に記したこの確信を戦後に展開し、戦後の鮎川信夫が生まれたのではないだろうか。

世界認識を求めた鮎川は、「N・Tの滅亡」という究極の認識に達していた。その絶望の中で自らの死、友人の死から「無名にして共同なるもの」を見出そうとするのは、再生への希求だったと言ってよいだろう。「無名にして共同なるもの」として死者を「理解」できた時、死者は新しい生を得、死者を含んだ詩的共同体として〈荒地〉は再生する。森川や牧野の死を経て、死者を「理解」しようとして詩を書き続けることを決意し、〈荒地〉を再生することが鮎川の認識であり、決意だった。

　これまで鮎川と言えば、「死んだ男」をはじめとする、戦争体験によって戦後の批判者となった詩人として理解されてきた。しかし、戦前期に獲得した世界認識、すなわち〈荒地〉の理念を展開し、深化させた存在として問い直す必要があるだろう。すでに吉本隆明は、「『荒地』の詩人たちが持っている現実に対するひとつの倫理的な態度、表現のなかにおける倫理的な態度みたいなものは、戦争を通過することで形成されたとかんがえていたんですけど、（中略）すでに戦争前にあるところで契機があって、現実に対する一種の倫理的な感性の［ママ］詩のなかに導入した時期があって、むしろそれをどういうふうに持続するか、どういうふうにそれを修正するか、あるいはどういうふうに打撃を受けるかということが、たぶん戦争体験の問題だった」（「鮎川詩の問題」『鮎川信夫論　吉本隆明論』思潮社、一九八二）と指摘している。戦争期における希求を戦後から見た時、「倫理的な感性」としてとらえることもできるのかもしれない。しかし、戦争下の鮎川にとっては〈悲望〉という言葉がふさわしいような希求だっただろう。

3　軍隊での体験

鮎川は、一九四二年十月、東京・青山の近衛歩兵第四連隊に入営する。彼の軍隊経験はほぼ二年半にわたる。この間の動向は、『戦中手記』に詳しいので、それに従って入営後の動きを整理してみよう。

一九四二年

十月　東京・青山の近衛歩兵第四連隊に入営。歩兵第四連隊の本隊は、シンガポール攻略作戦に加わり、その陥落後スマトラ島に進撃していた。鮎川がスマトラの前線に送られることは時間の問題だった。ここで三か月の初年兵教育を受け、辛酸をなめる。

一九四三年

三月　スマトラ島派遣が発表される。

四月　二十二日に広島県宇品港より出発。

五月　シンガポールを経て、十五日にスマトラ島北部のベラワン港着。第四連隊が駐屯するバリゲへむかう。その後、北部防衛のためコタラジャへ移動、陣地構築の作業に従事する。

一九四四年

三月　マラリアに感染。高熱が一週間続く。

四月　血痰をはき、肺結核の症状が出てシグリの野戦病院に入院。
五月　日本内地送還が決定され、十五日、病院船でベラワン港を出発。
六月　シンガポール、マニラ、サイゴン、キールンを経て、十八日、大阪港に帰着。大阪陸軍病院に入院。
八月　金沢、敦賀の陸軍病院を経て、福井県の傷痍軍人療養所に入所する。
九月　外泊許可を得て、東京に出る。所沢連隊にいた「荒地」の竹内幹郎に、その弟疋田寛吉とともに面会する。

一九四五年

二月　二月末から三月はじめにかけて、療養所の消灯後『手記』を執筆。竹内への手紙という形をとった二人称の記述で、「荒地」をめぐるこれまでの総括と未来へむけた構想を展開する。
三月　郡上八幡に疎開していた母と妹を訪ねる。療養所に退所願いを郵送し、軍には以後もどらなかった。

すぐ分かることは、二年半の軍隊生活の中で、前線に送られながら、鮎川は実際の戦闘にほとんど遭遇しなかった、ということである。これは、きわめて幸運という他はない。鮎川の戦争体験は、戦時の軍隊の苛酷な日常として、彼の骨身にきざまれた。『手記』は、鮎川という一兵士の視点から、日本の軍隊の日常が詳細に記録されている。これまで見てきたように、鮎川の戦争体験が特異なのは、「日本帝国の滅亡」を確信し、その認識を持ちながら入隊したことである。しかし、この「絶望」があったとしても、自分を軍務が異なる局面に引き出してくれるかもしれないとの期待も持っていた。鮎川は入隊するにあたって、「不断の自己犠牲とか〈考えない〉ことによって還元されるある肉体的自然的状態とか、単純素朴な美徳とか、虚偽や秘密のない開放的集団生活の明朗とか、活発な実践的運動性とか」といった「期待」を軍隊生活に抱いていたと書いている。もちろんこの「期待」はことごとく裏切られる。しかし、三島由紀夫が軍隊における「ロマネスクなもの」と呼んだような、文学者にとっての自意識を越える現実という期待をはらむ余地が、戦争にはあったことも確かだった。

初年兵教育の陰惨な「しごき」の中で、鮎川は「ダメ」な兵隊になりきれなかった。「ダメ」で通そうとしてもどうしても自分より劣る人間はいて、それより「ダメ」になれなかったこと、また「ダメ」な兵隊であり続けることは、結局労力と危険を他人に戦場でおしつけることになるわけで、そのことを肯定できなくなったからだと書いている（「私的戦術」、「潮」一九七〇年九月）。

鮎川は、生き延びて、もう一度詩の世界にもどりたいと思うようになった。〈絶望〉からの転換である。生き残るために選びとったのは、序列社会の軍隊の中で少しでも上昇すること、そのためには上官に認められるようになることだった。その方法について、『手記』の有名になった一節を引用しよう。

僕は要領の悪い人間だ。軍隊ほど要領を使はねば損なところはないのだが、僕は先天的に要領が悪い、その上に、多少動作が鈍い。見掛けで大分損をしなければならない。そのうち僕は一番手数がかからずに認められることを実行しはじめた。何でもない、殴られるときは率先して殴られること、――これである。お説教の集合のかかったときはいつも右翼に出ること、いささかも逡巡の色を見せぬこと、――僕は率先右翼につき次第に認められるやうになった。さうした積極性が良いことに対しても、やはり僕が右翼であるという風に彼等を信じ込ませることに成功したのである。

鮎川はこのように書くのだが、少しでも専門の訓練を受けた者が、素人の肉体的な「ふり」を見抜けないとは思えない。軍隊の上官たちは、鮎川が心からのぞんで右端に出たか、戦略として出たかぐらいは承知していたのだと私は考える。素人程度の肉体の動きならば、武道や戦闘術の素養が少しでもある者が、形はできていてもその心の有り様を見抜くことはたやすいだろう。上官たちはたぶん、鮎川の「ふり」を承知した上で、彼を認めたのだ。

そのように考えていくと、鮎川は実は肉体と出会いそこねているように思う。肉体そのものとして出会うのではなく、言葉や思想として肉体と出会う態度は鮎川に一貫していたのではないだろうか。ここで鮎川が考えた「成功」は、鮎川が自らの肉体と出会いそこねたことを語っているように私には思える。そして、晩年の、自らの肉体への認識と早すぎる死は、肉体との出会いそこれが影響しているように思えてならない。

いずれにしても、鮎川は「積極的」にこれまで忌避していた「軍」に向かっていった。それは敵軍との戦闘で成果をあげるのではなく、軍内部での駆け引きに、肉体と知恵をつかって勝利していくことだった。鮎川はそれを「要領」と呼んだ。彼の心身は、自分の思った以上にそれに耐えることができ、「優秀な兵隊」になっていく。吉本隆明は、『戦中手記』初版の解説でこの部分を「宗教的な回心にも似た契機である」とし、鮎川の「重要な戦争体験の原型」としてとらえる。野間宏の『真空地帯』の軍の描写を批判しながら、理念に支えられたのではない独自な転回の契機を読み取るのだが、鮎川は肉体的なことは「要領」で切り抜きられると過信してしまったところがあったのかもしれないといまからは思える。

鮎川は、尋ねられれば「要領」と答えるしかなかったろう。少ない手札を最大限に使用し、駆け引きに勝ち、生き残る術。そこには文学の理論や厭戦の思想から生まれる発想はない。「要領」と言えば他者を出し抜く狡猾さを含んだ語感があるが、それを含めて賭け事に向かうように危機に対していく。無駄な「正しさ」や「頑張り」とは遠く、勝ち残るための条件を吟味する。戦後、詩や詩論を書き、戦後詩の中心人物とみなされても、単独であることを鮎川は貫いた。そのような「単独」であることを、最終的には「単独」でしかありえないことを、戦争体験から彼は根柢的に学んだに違いない。

大岡昇平との対談では「軍隊では、たとえば分隊長から部下をみれば全部わかるわけです。

（中略）わかるようにやってないつもりでも、間一髪ですぐわかる」（「現代詩手帖」一九七〇年十一月）とも語っている。分かられていることを鮎川自身、分かってもいたのだろう。おそらくその暗黙の応答の中、鮎川は「要領」を続けたのだ。

積極的な兵士となってからの鮎川は演習でも前面に立ち、認められ、中隊長の伝令という重要な役に採用される。そしてマラリアに罹患し体力が弱ったところで、結核にかかってしまう。そのため鮎川は隊から離脱するのであるが、これは鮎川の「回心」に肉体がついていけなかったということだと私は考える。

傷病兵として帰国し、福井県の軍の療養所に入る。その療養所で、一九四五年二月末から三月初めにかけて、消灯後書いたのが『手記』だ。そして書き終わった後、外泊許可をもらい、家族の疎開先だった郡上八幡をたずね、そこから退所願いを出して、そのままもどらなかった。鮎川の現実的嗅覚と幸運が、彼を生き延びさせたことになる。

『手記』の最後で、この戦争が終わりに近づいていること、思想の大転換が起こることを記し、そのための準備をおこたらず、〈荒地〉を書いていく決意をのべていく。この『手記』をめぐって、堀川正美は「荒地というものの実に激しい理念化」という言葉を使っている。雑誌としての「荒地」、その同人を中心とした共同体としての〈荒地〉、そして状況を荒地として認識するイメージとしてのそれまで、『手記』ではいくつかのレベルで〈荒地〉が語られている。たしかに『手記』を読んだ者なら、繰り返し語られる〈荒地〉への志向に強い印象を受けるだろう。堀川に応えて鮎川は「戦地から帰った私にとって、戦争というもののおびただしい理念化、実際化に抗して全人的な自己をとりもどすためには、ぜひとも「荒地」というものの理念化が必要であったのである」(『戦中手記』後記)と書いている。

『戦中手記』は四五年三月に書かれているのだから、まだ戦争は継続しており、戦争の「理念化、実際化に抗」すると鮎川が考えていたとすれば、すでに戦争とは切断された別の場所に立っていたことになる。これまで見てきたように、鮎川は開戦時、大日本帝国の滅亡を確信した。その確信のまま応召し、インドネシアで結核を患い、日本に送還される病院船がサイゴンに近づいた時にフランス国旗を見て、戦争がまもなく終わることを確信する。戦後に展開される〈荒地〉の理念化の前提には、この確信があった。

〈荒地〉の理念化への意志は、鮎川の詩と詩論として展開されたが、滅亡への確信は個人的すぎ、またそれによって戦争期を後付けで解釈されることも忌避したため、鮎川の〈絶望〉の根拠が、充分主張されることはなかった。〈荒地〉の理念化への希求は戦前に形成されたものと切り離され、〈外なる私〉の当為が前面に出ることになった。それは『手記』が発表されるまで、鮎川の内在的理解を妨げてしまった。

第五章　再生と出発

1　「荒地」の蘇生

鮎川の戦後の出発というと、これまで書いてきた「死んだ男」などの戦争体験をみつめた詩や、旺盛に書かれた批評群から始めるのが常道だろう。しかし戦中と戦後を連続してとらえるとすれば、いや、さらに言えば、鮎川の戦後が病院船で一九四四年六月に帰還する船上から決定的に始まっていると考えるとしたら、前章で検討した『戦中手記』は、鮎川にとっての戦後の思考の始まりとすることも可能だ。だが、この手記全体が活字化され、刊行されるのは戦後二十年たった一九六五年である。なぜそんなに長く時間がかかってしまったのか。

単行本『戦中手記』の後書きで鮎川は書く。

この手記が、「個人的な性質のものである」と自認するからには、あえて人目にさらす必要はないという気持ちも、そこには強く働いている。この気持ちは公刊することに決めた今でもあまり変りはない。それは、これが不完全な書きものであるからという理由とはぜんぜん関係のないものである。

ただ、良くも悪くもこの手記は、一九四五年二、三月の時点における私の過去の総決算であったと同時に、その後の方向を決めた一つの出発点となったのであり、戦後に書かれた私の詩や詩論に影響を投じている。したがって、少数の読者のために若干の註釈付きでこれを公刊することは、それらの理解にいくらかの光を与えるだろうと思う。それに、私自身が一つの転機にさしかかっている現在、隠しておかなければならない理由も、以前にくらべてずっと希薄になっている。

ここには『手記』に対する自負があるが、それにもかかわらず「隠しておく」理由があったと書かれている。「隠す」というのはいささか強い表現であるが、それを単に「公開しない」という意味にとれば、その理由は、手記はあくまで個人的なものであるからという前段の限定にいきつく。個人的な体験と批評とに距離を置くと考えるのは、鮎川らしい態度だ。しかし、それだけでは、これまでの「総決算」として書いたほどのものを未発表のままにしておいた理由としては弱いのではないだろうか。

没後の資料によると、この経緯にはここで鮎川が書くのとは違った事情があったことが明らかになる。鮎川は敗戦直後の秋に、『手記』を編集・清書し、刊行しようとしていたのだ。原稿「「荒地」の蘇生　一九四五年二月の手記による回想」である。これは四百字詰原稿用紙で約百枚の未発表原稿で、ほとんどを『戦中手記』によっている。いや、『戦中手記』を刊行するために清書したものと言ってよい（牟礼慶子『鮎川信夫からの贈りもの』に紹介がある。現在神奈川近代文学館所蔵）。

その序には一九四五年十月一日の日付がある。すでに鮎川は福井県の父の郷里で、畑仕事のかたわら「荒地」同人と手紙のやり取りをしながら、復刊の計画を進めていた。九月には、旧「荒地」の同人だった竹内幹郎が、岐阜に住む鮎川をたずね、「荒地」復刊の相談をしていた。「「荒地」の蘇生」がその幻の創刊号のために書かれたことはすでに検討した。「「荒地」の蘇生」は、鮎川の戦争体験がすべてかかっていた。復刊は敗戦直後の混乱の中ですぐには進まなかったため、「「荒地」の蘇生」は封印され、一九六五年にオリジナルの『手記』をもとにして刊行される。『手記』の後書きに引用された手紙や、一九四五年の日記としてたった二日間だけ記載された日記の記述を見ると、復刊準備が具体的に進んでいたことがわかる。この原稿はその新生「荒地」の創刊をめざして作成されたものであることは間違いないだろう。しかし、ついに発表されることはなかった。

十月八日　初雪後快晴

竹内より来翰。十月三日、東京在住同人により、第一回の「荒地」の会合を催すとのこと。句会と兼ねるさうである。

十月十日　曇

「荒地」第一章発端の感覚一六八枚を脱稿して今日から第二章汚れなき時代へかかることにする。

ここで書かれる十月三日の会合が、『戦中手記』の後記の三好豊一郎の手紙にある「荒地」復刊のための会合だった。実弟の疋田寛吉が保管していた、「荒地」同人竹内幹郎のメモ書きの目次（「現代詩手帖」一九七三年二月）によれば、詩を中心とした文化総合誌として刊行の予定だったようである。会合では、この目次の内容で議論が行なわれたようだ。三好は「その晩の空気では文化全般にわたるものと云ふ印象を受けた。印象は可成雑然としたものと云ふ他はなかった」と鮎川に向けて書いて領域を拡げることに懐疑的だった。しかし少なくとも、鮎川の「前期荒地方法論序説」は連載のようで、「「荒地」の蘇生」をそうした形で書きついでいくつもりがあったのだろう。

日記中の「発端の感覚」とは、「「荒地」の蘇生」のことと考えられる。なぜなら終章「R・Fへ」には日付が書かれており、それが十月十日だからだ。しかし、日記の記述によると第二章を構想していたことになる。これがどんなものだったか、残念ながら不明だが、『手記』に接続する戦後論だったのかもしれない。いずれにせよ鮎川は意欲にあふれていた。

荒地創刊号目次

一、宣言　鮎川信夫（4）
二、前期荒地方法論序説　一　鮎川信夫（25）
三、近代日本史方法　二村良次郎（20）
四、社会評論　所佐太郎（25）
五、新しい詩について　三好豊一郎　田村隆一　疋田寛吉（10）

＊

六、詩作品　田村隆一　二村良次郎　三好豊一郎　疋田寛吉（10）
七、時評欄　政治（鮎川）経済（二村）文学（藤川）映画（竹内）
詩（田村）文化（所）演劇（疋田）
一人四百字詰原稿用紙五枚

八、小説
俊寛　竹内幹郎（8）
題未定　藤川　清（20）
題未定　山野淑夫（15）

九、「荒地」に関するノート　編集後記　（2）

＊カッコ内数字は原稿枚数

「「荒地」の蘇生」の内容を簡単に紹介しよう。もともとこのタイトルは「戦中手記」として命名され流通している、巻紙の『手記』にあったものである。原稿用紙の最初にタイトルとして書かれ、サブタイトルに「一九四五年の手記による回想」と記されている。原稿は四百字詰原稿用紙に清書された完成稿であり、入稿用の原稿と言ってよい仕上がりだった。『戦中手記』に序章と終章を付け、サブタイトルにあるように、その間を『手記』を引用する形で構成されている。細かい表現上の修正の他、『手記』の内容の改変はほとんど無いと言ってよい。『手記』は断章化され、小見出しをつけられたもの、行をあけて長い縦線を引いて区切ったもの、単に行をあけたものに分けられている。牟礼慶子は、十三章に分けられていると書いているが、もう少し細かく分けられ、小見出しのつかない断章も多い。鮎川自身、本文でこれらを「断片」と書いており、明確な構成を持った章立てで書いていくよりは、断章形式を考えていたようだ。参考のため、「「荒地」の蘇生」に付けられている小見出しをあげる。

「序　灰燼の中から」（序章）、「二年ぶりで再会せるTへ」、「おなじくTへ」、「歪む〈孤独〉について」、「Tへ」、「一九四〇年以後」、「〈死〉について」、「鋳型は毀れる」、「軍隊生活」、「歴史をめぐりて」、「〝荒地〟の世界」、「暮れゆく街」、「Tへ」、「R・F……へ」（終章）。

『手記』と「「荒地」の蘇生」の異同をあげれば、新しい断章を起こすのにともない、その冒頭に改変を加えたものはあるが、おおむね本文は『戦中手記』の冒頭から、「暮れゆく街」と改題された『手記』の付記「菊の街」までのほぼ全体で構成される。削除された大きな部分は、戦争体験を伝聞の形で収録した「古兵某の話」と「兵士の話」である。また鮎川の軍隊時代の体験も細部をそいでまとめられている箇所も多い。要するに戦争体験の部分がより少なくなり、「荒地」の文学的総括という性格が強まったのだ。文体は人称が「僕」から「私」に変わり、肉声的な生々しさはおさえられたが、書簡体で語りかけるように書かれているのは変わりはない。

「「荒地」の蘇生」の序は次のように始まる。

戦争は終った。燃えるべきものは燃え尽した。時代は戦争技術と武器を見捨て、厖大な人命を犠牲にしてやっと一歩前進した。悪夢の後の心地悪い目覚めが来た。欺かれ虐げられた民衆の今後を待ち受けてゐるのは、深刻な社会不安と生活難である。それは生き残った者にとって避けることの出来ぬ現実である。

我々は生き残った。生き残ったからには、生き残った意味を説明せねばならぬ。生存の理由、——それこそ私が此処で闡明したいと希んでゐる主題なのである。我々は往々自己自身さへ眼に見えぬところの隠れた目的を抱いて生きてゐる。〈説明する〉とは創ることであって、我々の真の企図は学術的論証や証明的述作のやうに、何等かの一点に到達するといふことにあるのではなく、何等かの一状態を作ることにある。人々はその一状態を指して〝荒地〟といふ名で呼ぶやうになるであらう。そして、それが我々の生き残った意味を充分に説明してくれるであらう。

　私がこれから述べようとするのは、〝荒地〟の一つの側面であり、私といふ個人の体験をとほして見た〝荒地〟の蘇生であり、歴史的な意味である。私はそれらをまとめて一九四五年の二月末から三月初旬にかけての簡単なノートと手紙によって記録してゆく。


　このあと「二年ぶりで再会せるTへ」の小見出しのあと、『戦中手記』冒頭と同じ文章が続く。この「序」に、鮎川の戦後の出発の基本的モチーフが含まれていると考えていいだろう。ここで書く「生き残った意味」とは、後に「遺言執行人」として展開される思想の原点「〈荒地〉を創る」である。そして「民衆」という言葉、戦後の鮎川の評論で「詩人と民衆」など盛んに使われるようになる問題設定が早くも冒頭で語られることになる。『戦中手記』には前面に出ない言葉だ。それはより巨視的な視点から戦後の詩を語ることが始まったことを意味する。

　これだけの内容のものをなぜ発表しなかったのか。その理由は、先に書いたように、「荒地」の創刊が結局一九四七年九月と二年後になってしまったことが大

第２次「荒地」創刊号（1947年）

きかったのは確かである。他の発表形態を考えたとしても、用紙事情や流通販路が混沌とする中、百枚近くの原稿を載せる媒体を探すのは困難だったろうし、何よりも戦前の「荒地」との連続で書かれた原稿であった。さらに、この二年の社会の変化はきわめて大きく、原稿をそのまま発表することをためらったということがあるだろう。マルクス主義から欧米的民主主義、最新流行の実存主義まで、さまざまな主張が噴出する戦後直後の言説空間で、書簡体を残し、個人的な彩りを強く帯びたこの原稿が理解されにくいと考えてもおかしくはない。

事実、新生「荒地」の創刊号に掲載されたのは「暗い構図――四人に関するノート」と題する、戦前から戦後への「荒地」の流れを論じる原稿だった。その批評的スタンスは「三好達治論」（十月）、「灰燼の中から――T・E・ヒュームの精神」（十一月）、「キリスト教とマルクシズム」（十二月）、「「掟」と罪」（十二月）と続き、翌四八年の「詩人の出発」（一月）、「Xへの献辞」（四月）、「荒地の立場」（五月）といったマニフェストに至るのである。つまり「荒地」を、さらに言えば戦後の詩を書くことを主導し、位置づける、批評家、文明論者としての役割を鮎川は積極的に担うようになるのだ。この流れでは書簡体の「「荒地」の蘇生」が封印されて、「外なる私」が、前面に出ていくことになったのだろう。しかし、鮎川の戦後第一の著作は本来は「「荒地」の蘇生」＝『戦中手記』であったことは、彼の戦後の思考の枠組はすでに戦時下に形成されていたことを明らかにしている。

2　「死んだ男」から

結局、「荒地」はしばらく創刊されず、鮎川は「純粋詩」、「新詩派」などの同人誌に詩を発表する。戦後詩を代表すると言われる詩「死んだ男」は、一九四七年発行の「純粋詩」十一号に発表された。「死んだ男」については、「荒地」同人をはじめ多くの人が論じてきた。戦後の詩を論じるには不可欠の作品で、特に吉本隆明、北川透、瀬尾育生らの詳細な論考は、作品中に登場する「M」と戦争の死者をめぐる戦後論としても広い読者に読まれてきた。しかし、一九九〇年代に入り、鮎川の詩論における〈意味への意志〉、〈メタファー〉といったとらえ方は、〈戦後詩〉という問題設定への疑問を交錯させた野村喜和夫、城戸朱理らにより批判的に論究された（『討議戦後詩』思潮社、一九九七）。それは従来の読解との間で必然的に論争を生み、現在に引き継がれているのだが、一方で宮崎真素美、田口麻奈のような研究者が一次資料から厳密に追跡することで従来の解釈を読み換え、新たな位置づけを見出そうとする試みもある（田口麻奈「〈遺言執行人〉論」、「国語と国文学」二〇〇七年六月など）。

これらをふまえながら、いま、新たに鮎川を考える時、戦争も森川と鮎川のことも知らない読者が読んで、この作品はどのような喚起力を持つのか、ということを考えてみたい。その最初の三連を引用しよう（全集収録版最終稿）。

たとえば霧や

あらゆる階段の跫音のなかから、
遺言執行人が、ぼんやりと姿を現す。
——これがすべての始まりである。

遠い昨日……
ぼくらは暗い酒場の椅子のうえで、
ゆがんだ顔をもてあましたり
手紙の封筒を裏返すようなことがあった。
「実際は、影も、形もない？」
——死にそこなってみれば、たしかにそのとおりであった

Mよ、昨日のひややかな青空が
剃刀の刃にいつまでも残っているね。
だがぼくは、何時何処で
きみを見失ったのか忘れてしまったよ。
短かかった黄金時代——
活字の置き換えや神様ごっこ——

「それが、ぼくたちの古い処方箋だった」と呟いて……

この詩を素直に読めば、第一連と第二連の間に転調があることに気づくだろう。第二連は「遠い昨日」で始まっている。過去と限定される二連に対し、第一連はいつのことだろうか。いや、時だけでなく、第一連の四行は、二連以下と異質な印象を受ける。それはなぜだろうか。それは、第一行の「たとえば」という仕掛けによる。「たとえば」と始まるとすれば、「たとえば」の前提となる本源的なものがある、ということだろう。第一連はその本源的なものに関わるゆえ、回想に入る第二連とは異質なのだと私は考える。そして、人の生とは、「たとえば」で始まるような具体性でできているが、これから語られることもそうした具体性の一つであることが知らされる。

この「たとえば」と第二行の「あらゆる」という言葉から、「遺言執行人」の遍在可能性が語られる。そして、それが「すべての始まり」だとされる。「遺言執行人」は鮎川が作り出した言葉だ。相続人、代理人という法律用語はあるが、「遺言執行人」という法律用語は無い。念のため法律用語では、法的効果を前提とした遺言は「いごん」と読む。遺言執行人とは、死者の遺された意志＝遺言を実行する人間と受け取る。それが出現することが、「すべて」を始まらせる、という世界像をこの詩は告げているのである。

遺言執行がどのようなものなのか、それがどう可能か、具体的な内容は書かれていない。ここでは執行人が出現することが重要なのだ。死者の遺志をひきつぎ、実行するものが出現することが「すべての始まり」だからだ。

二連以下は、失ったものへの深い哀惜が語られる。それは読み進むにつれ「M」の死だとわかるが、哀惜だけでなく、「活字の置き換えや神様ごっこ」と批評的に語られたりもする。この回想は、「M」の埋葬にいきつく。最終連は以下のように終わる。

埋葬の日は、言葉もなく
立会う者もなかった
憤激も、悲哀も、不平の柔弱な椅子もなかった
空にむかって眼をあげ
きみはただ重たい靴のなかに足をつっこんで静かに横たわったのだ。
「さよなら、太陽も海も信ずるに足りない」
Mよ、地下に眠るMよ、
きみの胸の傷口は今でも痛むか。

埋葬は、寂しく、感情が出ることもなく行なわれた。それがかえって悲しみを深くする。大切な者の死体を見た時、「横たわった死体」と感じるのは自然だろう。重たい靴、おそらくは軍靴をはいたまま埋葬されるMを、「足をつっこんで静かに横たわったのだ」と書く時、その重みが

Mの死の苛酷さを伝えるのではないだろうか。その苛酷さは胸の傷口の痛み、つまり心にまで分け入っていくのである。この埋葬はもちろん実際には鮎川は体験しないが、作中の「ぼく」にとっては、想像上のイメージでも、体験の記憶でもどちらでもよい。つまり、二連以下はMの死の深い悲しみを描き、記憶と想像の語りの中での、Mへの呼びかけと引用されるMの発言がリアリティを生んでいる。

かけがえのないMの死。冒頭にもどろう。Mには遺言がある。それを執行する執行人が出現することですべては始まるとこの詩は告げる。悲しみはあるがすべては始まるのだ。この始まりを戦後ととってもよい。「ぼく」は「傷は痛むか」と呼びかけるが、執行人の出現でMの遺志の執行は宣せられるのだ。

ここまでがこの詩からの可能な読みで、作品中の「執行人」と「ぼく」は別の存在、鮎川自身が遺言執行人かどうかというよりも、この詩全体としてMの遺志が継がれることが表現されていると私は考える。つまり、死者への哀悼と遺志の実現の開始という、「すべての始まり」を告げる詩として読める仕掛けをこの作品は持つ。

ではMを森川義信として、これまで書いてきた鮎川の足跡の中でこの作品を考えてみよう。霧や階段は、森川義信がよく詩に使っていた言葉で、鮎川もまたそれを共有していた。つまり〈荒地〉の詩的な共同世界から遺言執行人は現れる。「すべての始まり」とは戦争によって死んだ森川の遺志が執行されることがすべての前提となっていることを表している。ここで前章で検討した『戦中手記』の死者をめぐる記述を思い出してほしい。死者と生者を分け、死者の遺志をこの世界で実現する――「遺言執行人」とは言葉だけとると、そのようなスタティックな意味になるが、鮎川が考えていたのは、そうした死と生が分断された世界ではないと私は考える。死者に対して、その死を理解しようとすることは、新しい生を覚醒させることだと鮎川は考えていた。死を理解しようとして不断の努力を行ない、新しい意味＝生を死者に与えること。だから遺言執行とは、死者の遺志を理解しこの世に実現することで、死者を再生させようとすることでもある。それは、「創る」＝詩を書き続けることだった。

「死んだ男」というタイトルは、牟礼慶子の調査では、D・H・ロレンスのキリストの復活をテーマとした小説「死んだ男」から来ているということだが、確かに「胸の傷口」という磔の傷を思わせるものもある。「死んだ男」とは、遺言執行人が出現することで、世界が更新され、M＝森川が再生する、そんな希求を書いた作品だと私は考える。

第二連以下は、戦前の「荒地」の回想である。酒場での交流、そして「活字の置き換えや神様ごっこ」とはモダニズムの詩の書き方を批判的に回想したものだろう。「神様ごっこ」も『手記』に「怪物ごっこ」と書かれていた、独善的な自己主張を指すものだ。

戦地の死者が葬られるように、葬儀らしいものは何もなく、土に横たえられる「きみ」の情景は即物的に描かれている。「空にむかって眼をあげ」は初稿発表後に加筆されたものだが、鮎川は「不用意な挿入句」だったと記している（「「死んだ男」について」、「現代詩手帖」一九七八年十月)。後半部はたしかに感情過多なところがあり、それを「M」の発言の引用が救っている。「太陽も海も信ずるに足りない」という一行は、後に検討することになる鮎川のほぼ最後の詩「海の変化」の「これが罰か、太陽と海を呪ったことの?」に対応している。

この「M」は「純粋詩」十号の「日の暮」に初めて登場したのだが、すでに見てきたように、日記や『手記』には、何度も「M」と書かれている。「日の暮」から「死んだ男」への「M」の出現の過程は、不在のものをめぐる詩的な思考が、森川という死者への呼びかけとして形象していく過程として、私は受け取る。「日の暮」は三連の短詩で、第三連めは「戦争で死んだMよ」という行で始まり、「高いところに立って影の眼を開いてみたまえ」と呼びかける。この「M」を全面的に展開したのが「死んだ男」だ。

鮎川は初期には詩集を編むにあたり、発表順ではなく、テーマ別に構成していた。後に検討するが『鮎川信夫詩集』(荒地出版社、一九五五)も『現代詩文庫』(思潮社、一九六八)もテーマ別で、最初に来るのはこの「死んだ男」だった。その構成は戦中と切断された彼の世界を宣言したかもしれないが、その思想や表現の過程を分かりにくくした。しかも「死んだ男」の次におかれたのは「もしも 明日があるなら」(『鮎川信夫詩集』荒地出版社、一九五五)で、この作品は「死んだ男」の一種補注のような作品である。「死んだ男」の第一連と連関し、

切れたフィルムの記憶のそこから

すこしずつ浮びあがってきた街のなかへ
ぼくが戻ってくるのは
それから五年たってである
　たとえば霧や
あらゆる階段の跫音のなかから
ぼんやりと姿を現すひとりの遺言執行人として……

　　これがすべての始まりであった！

また明日　お会いしましょう
そう言って　黙って別れた友よ
ぼくはいまでも　その声をきく
はたせなかった約束を　いつまでも悔む人のように
　もしも　明日があるなら……

と書かれる。この詩行からは鮎川＝遺言執行人という位置づけは容易に導き出されるが、「友よ／ぼくたちが出会う場所は／何処にもないのだ」とその不可能性も書かれている。

鮎川は森川のことをエッセイや詩で繰り返し書くが、その像は微妙に変わる。球体に光をあて見るように、角度によって見えてくる森川が違ってくる。それぞれのテクストに内在する論理と事実は、微妙にずれてくる。それが鮎川の読解を難しくしている。鮎川自身もそれぞれの作品において構築的にテクストを作り上げるので、実は森川＝Mでさえ一貫したものではない。

そのような前提において「死んだ男」を読むと、M＝森川の遺言執行人が現れることで新しい時代になることを宣し、死を理解しようとすることでM＝森川の再生を希求する作品と私は受け取る。やはり、戦後の出発を告げる詩なのである。

3　戦後の「荒地」の創刊

「荒地」の創刊は、一九四七年九月一日付、岩谷書店から刊行された。三十二頁の薄いA5判で、表紙には「荒地」九月号、「詩と批評」とあるほか、寄稿者の名前とタイトルがあるだけの簡素なものだ。創刊の辞も編集後記もない。編集人は田村隆一。

詩は「勾配」森川義信、「夜の沖から」三好豊一郎。三好の作品は、正確には戦中に発表された「囚人」とその第一稿「夜の沖から」。評論はエリオットの「荒地」をめぐって書かれた西村孝次の「荒地へ」、フローベール等の近代小説をボードレールと対比しながらその詩的性格を論じた齋藤正直「心境小説と詩」、そして鮎川の論考「暗い構図」である。

かつて、私が二十代だった八〇年代に初めて創刊号を見た時、インパクトはあった。鮎川はじめ「荒地」同人は存命で、「戦後」はまだ持続していたからだろう。しかしこれを書くためにあらためて手に取ると少し淋しいのである。雑誌としてのメッセージがない。同人の新作がない。いや同人名もないのだ。

当時は雑誌創刊のブームで、戦後の新時代を告げる高らかな創刊の辞をかかげる雑誌が噴出していた。それらの創刊の辞を読んでいくと新時代を切り開こうとする熱気に圧倒され、「荒地」の誌面はずいぶん醒めたように見える（『占領期雑誌資料大系』〈全十巻、岩波書店、二〇〇八―二〇一〇〉。巻末に各種雑誌の創刊の辞が資料として掲載されている）。

鮎川の「暗い構図」は、森川と三好の詩に対する解説として書かれてはいるが、「荒地」に集まった詩人たちの動向をその中で記すことによってかろうじて雑誌としてのメッセージを出してはいる。しかし、森川の「勾配」はすでに戦前の旧「荒地」に掲載されたものだ。それと三好の既発表の詩を掲げて出発した編集意図は、森川の〈新しい生〉をこうした形で表したものと私は考える。それはまた「第一次大戦の戦後」の意識をここで提示することにもなった。

彼らは「現代は荒地である」とする戦前から持続する問題意識を提示することによって、「新時代」に沸き立つ世相と距離をとり、「荒地」の立場を明示したのだろうか。続く二号、三号でも、過去のものを掲載することは繰り返される。「荒地」二号は既発表の楠田一郎の詩とその論考を掲載、三号は西脇順三郎特集である。これらは、「荒地」の詩人たちが戦前に培った詩意識の基層である。ここにもどり、軍国主義が解体した戦後の中で、詩の方法を問い直そうとしたのだ。新時代に沸く「明るい」戦後に対し「暗い」戦前を対置、自分たちは今でも「暗さ」の側にいることを示そうとする距離の取り方は、この当時では特異なものだったはずだ。

晩年の北村太郎はこの時期を次のように回想している。

戦争中からの幻滅感というか、醒めた目で詩なり文学なり見てきた感覚や認識がそのまま戦争で負けても残った。ですから、創刊号で森川義信の「勾配」をのせたり、三好豊一郎の「囚人」という傑作、その第一稿の「夜の沖から」を載せてみたり、二号では「新領土」の異色の新人で楠田一郎という、ぼくらの誰もこの人と会ったことがなく若くして死んでしまったけれども、その人の詩をのせている。こういうことは共通感覚というか、意味あるものとして受け取って、もう一度それを活字にしたいという欲求から載せたのだと思います。

(『センチメンタルジャーニー』草思社、一九九三)

北村は、「荒地」の中で戦後に対する幻滅が共有されていたことを証言している。しかし、創刊号を読んだ読者にその意図はどこまで伝わっただろうか。「暗い構図」はマニフェストという以前に、原稿としても未完なものだ。森川と三好の詩の解説の形で書かれているが、最終部は三好の作品を論じながら、中途で終わっている印象を受ける。事実、雑誌掲載時、サブタイトル「囚人に関するノオト」には「I」と記されているから続篇を書くつもりだったのだろう。ただ、マニフェストとしては、「荒地」二号の中桐雅夫の「Lost Generation の告白」や「Xへの献辞」がそれにあたるが（直接鮎川の署名原稿ではないため、「荒地」全体を検討する際あらためて論じる）、未完とはいえ、「暗い構図」にもその萌芽は読み取れる。「倫理」や「無名にして共同なもの」という、鮎川の思想の核心となるものが語られているからだ。

「暗い構図」は、冒頭で、現代を「ユリシーズ」のパロディの時代であると規定する。ヨーロッパでは、ギリシャから十九世紀まで、詩が人間生活とよりよく結びついた「詩の黄金時代」であったが、現代は言葉への信頼は失われ、詩は困難な時代となってしまった。この認識は、エリオットやジョイスの影響下にあるとはいえ、現代的な認識と言えるだろう。しかし、日本では、明治以降、言葉をめぐる思想的な議論が充分無いまま敗戦をむかえ、敗戦の意味をも問わないまま、現在は言葉だけが氾濫しているとする。そうした中で詩を書き続けることは、〈暗さ〉を背負うことであったし、いまも背負いつづけていると主張する。

ここまでは創刊号用の原稿として準備していた「「荒地」の蘇生」と異なり、個人的体験を離れ、詩を現在書く意味を文明史的に論じている。しかし、この後、具体的な作品論に入ってくると、トーンは変わってくる。「勾配」は〈暗さ〉を突き抜ける〈高さ〉において、また「囚人」は〈暗さ〉の底におりていく〈深さ〉において、「我々の世代の〈暗さ〉に確実に輪郭を与えた」と主張する。時代に対する絶望を超えようとする詩人たちの仕事への語り口は、『戦中手記』／「「荒地」の蘇生」に近づいてくる。

だが、「ユリシーズ」のパロディの時代であるという、モダニズム以降の詩のあり方をあげておきながら、〈深さ〉〈高さ〉という、旧来の文学を論じる言葉を使うことは、矛盾しないのだろうか。〈深さ〉〈高さ〉が解体したところに、現在の文学があるのではないか。もちろん鮎川は留保をつけて、言葉の意味を回復させることに自分達の詩的営為があると主張する。

近代詩の批評に於て、〈高さ〉とか〈深さ〉という用語そのものが発展的否定を蒙むって消えてしまった理由は、我々にとっても充分理解することが出来る。しかし、我々は「勾配」とか「囚人」に於て、再びそれらの観念として明確に、謂わば可視的にすることの必要を現代詩の発展のために感じている。それは詩を単に分析的に見ることをやめ、主体的に理解し解釈することによって詩の必要を我々の倫理のうちに定着することでなければならぬ。（「暗い構図」）

このあたりから、「荒地」の核心が出てくる。西洋近代に向き合いながら日本において対置しうるものとは、敗戦の体験しかない、と鮎川は考えた。ここでいう「主体的」とは、その意味だ。そしてその態度を「倫理」とするところに、「荒地」の立場があるとする。つまり、〈高さ〉も〈深さ〉も、世界と言葉を律する、倫理についての言葉なのだ。その倫理とは、鮎川の言葉では「社会的諸権威の崩壊と古い理念の自滅過程のうちで育った我々の世代が、いつも到達するところには、眼に見、心で感ずる真実の〈暗さ〉があり、我々の良心はその暗さの中で〈一つの中心〉を見出すことによって、自分たちの生を肯定しようとする漠然とはしていたが、一貫して共通な観念があった」(同)ということになる。そして共通な観念こそ、「無名にして共同なもの」だと鮎川は考えていた。〈一つの中心〉については次章で詳しく検討するが、この部分に私は『戦中手記』の着想を見ている。

第六章　〈戦後〉の位相

1　橋上の詩学

　これまで検討してきたように、一九四五年の敗戦から一九六五年に『手記』を発表するまでの二十年間、鮎川は戦争体験の大きな部分をかかえていたことになる。「暗い構図」や後に検討する「Xへの献辞」などに『手記』の言葉や着想を感じられはする。しかし、直接『手記』の内容に関わるような記述は無い。次章で検討するが、鮎川の戦前の詩も、詩集『橋上の人』が一九六三年に刊行されるまで入手しにくかった。戦後の仕事を中心に理解されていたのである。ただ、彼は「「荒地」の蘇生」を忘却してしまったわけではなく、七九年の日記には、編集者に刊行の可能性を打診した記述がある。

　少なくとも『手記』が一九五〇年代に発表されていたら、鮎川の戦中と戦後がより内在的なつながりを持って受け取られたばかりでなく、兵士の視点、戦争と表現といった問題は、大きな広がりを持って読まれたに違いない。従軍慰安婦、大量虐殺、軍内部の統制といった現在まで議論されている問題も『手記』には書かれている。大岡昇平、野間宏ら当時の第一次戦後派の仕事とも関わり、「荒地」を越えた戦争体験の問題としてとらえられただろう。

たしかに『手記』と「「荒地」の蘇生」を比べると、初発の迫力は『手記』の方が勝っているだけに心を打つものがあるというのが私の印象である。もしかすると鮎川もそのことを分かっており、改稿して発表することをためらったのかもしれない。

しかし、私が鮎川の戦後を考える上で最も重要だと思うのは、第二章に引用した〈内なる人〉〈外なる私〉の問題である。「戦後世代の共通意識をさぐり、戦後詩に文化論的な根柢を与えようとした外なる私」を中心に展開してしまったということである。

「戦争責任論の去就」では、「内なる人」を「自身の生命の源泉的な感情の世界」とし、これを「真正面に据えて」戦争責任の問題を論じたことがなかったと記している。戦争責任の問題が「明白」であり、「個人的」だったからだとするが、これを具体的に日本国家の滅亡を知りながら応召したことと考えれば、「明白」であり、「個人的」であることも、そして一般化しようもないことも理解できる。鮎川は「外なる私」を構築し、晩年までそれを解体することはなかった。鮎川信夫を〈外〉と〈内〉の二重性を架橋し続けた詩人としてとらえ直さなければならないと私は考えるが、戦前に獲得したその方法をより全面化させたのはやはり戦争だったった。

「外なる私」は意味への意志を説き、暗喩の重要性を指摘した戦後詩の理論的・実践的主導者だった。こうした彼の批評は明快だった。しかし、彼の詩は明快ではなかった。彼の書くようには「内なる世界」は明白ではなかった。彼の批評を裏切るかのように出自不明の言葉や暗喩の法則によらない言葉が頻出した。時に異様としか思えない世界が展開した。この不明なものが残ることが、かえって彼の懐を深くした、ということはあった。

この不明なものは一種の怪物のようなものだった。それは彼自身にもあやつれず、やむなく封印した——、彼の詩の言葉で言えば「室内」に閉じ込めてしまったと言えるだろうか。こうした怪物的なものを含めて〈外なる私〉と〈内なる人〉を架橋し、その橋上に立ち書き続けた鮎川の方法を私は「橋上の詩学」と呼ぶことにする。批評においては〈外なる私〉が構築されたが、詩においては両者の境界は自在に移動し、「死んだ男」の「M」のように〈私〉と〈他者〉、個と普遍を架橋し、橋上でどちらでもありどちらでもない詩語の位相が新しい詩の領野を切開したのである。

2　一つの中心

鮎川は四〇年代から五〇年代の批評を「意味への意志」という論考で次のように回想する、

戦後、私たちが『荒地』をとおして「意味の回復」を主張したのは、ともかくも経験に意味を与えることによって敗戦で荒廃した精神を立て直そうと意図したからであった。「技術より態度へ」といったことも、世界観の重要性を説いたことも、人生に意味を与えることばへの信頼を述べたことも、これと関連している。

（『現代詩鑑賞講座』第一巻、角川書店、一九六九）

鮎川がここで強調している「意味」、そしてその詩的技法である暗喩については、これまで数多くの議論がなされてきた。鮎川の主著ともいえる『現代詩作法』（牧野書店、一九五五）で十全に展開され、現代詩の普及に役立つとともにその限界を指摘されもした。だが言語論的な論争を越えて「意味」に関して、私は鮎川の求めた〈一つの中心〉という概念との関わりで考えている。この言葉は前章に書いた「暗い構図」に出てくる。

詩とは認識に関る一個の特権的装置であるにすぎない。それは自己を対象化する働きと、対象を精神化する働きの全面を含み、さらにその世界に超越する他の精神によって〈一つの中心〉を認識しようとする言葉への祈りでなければならぬ。

（「荒地」一号、一九四七年九月）

この言葉と「意味」という問題を重ねると、鮎川が考えていた「意味への意志」は究極的には、〈一つの中心〉に向かうものだと考えることができるだろう。

〈一つの中心〉とは「認識しようとする」過程としての概念である。それを実体化してしまえば、単なる教条となってしまうだろう。「〈一つの中心〉にむかう精神とは、根底に於て矛盾と苦悩に満ちた現世的無秩序のうえに立つものである」とも書いており、あくまで現実の上に立った動的な概念である、ととらえていた。

さらに長詩「アメリカ」の成立過程を書いた「覚書」には、「我々が望む唯一つのものは、詩的体験をとおして、〈一つの中心〉を持ち、しかも聯想や形象が重層化されていくような総合的な現実観の上に立っている詩人の存在そのものである」と書かれている。〈一つの中心〉が鮎川にとっていかに重要な意味を持っていたかを表しているだろう（鮎川単独執筆ではないが、「Xへの献辞」にも使われている）。

ただ、実体的でないにせよ、〈一つの中心〉がありえる、〈一つの中心〉を希求する、という思想は、ロマン主義的であるという批判は免れない。大岡信によって行なわれた批判はその文脈と考えられる（「鮎川信夫の詩」一九七二）。そして北川透は「戦後詩〈他界〉論」（『北川透 現代詩論集成』1、思潮社、二〇一四）で大岡の議論をふまえながら、〈一つの中心〉をとりあげ、「曖昧である。肝心の何が〈中心〉であるかがぼけている」と指摘する。たしかに、何が〈一つの中心〉なのか、鮎川は書いていない。それゆえ、大岡信の批判以来、今日まで、この問題は論じにくかったのだと思う。

私は鮎川が確信した〈一つの中心〉とは、具体的には「N・Tの滅亡」や「荒地」、「勾配」という言葉や詩であり、それをめぐる体験だったと考えている。その言葉によって世界が更新されるような認識、そうした詩的な実践を通して明らかになる世界の核心、これを鮎川は〈一つの中心〉と考えたのではないか。それは宗教でも、ドグマでもなく、鮎川が状況の中で、実践的に得たものだから、〈一つの中心〉がありえることを確信したのだろう。いや、この〈一つの中心〉を発見することこそ、詩人の重要な役割だと考えていたはずだ。

「N・Tの滅亡」は、今でこそ当たり前の事実であるが、これを日記に書いたとする一九三八年の時点では、ありえない認識だった。〈荒地〉という概念も戦前の日本の状況を表す言葉として、そして自らの詩的実践の根拠として、彼が発見したものだった。これらの言葉によって「詩的体験を通して、〈一つの中心〉を持ち、しかも聯想や形象が重層化されていくような総合的な現実観の上に立」ったという実感が、彼にはあったのだと思う。つまり「N・Tの滅亡」や〈荒地〉、これらが〈一つの中心〉であることを、鮎川は歴史の中で体験したと考えたに違いない。先に書いたように、これらは彼にとっては明白で、かつゆるがせにできないものだった。しかし、〈一つの中心〉という概念を確信するにいたっても、日本帝国の滅亡を予言したことは、普遍化することができない、いや、普遍化しえないところに意味があると考え、具体的に書くことをあえて断念したのだろう。

私の考えは単純すぎるだろうか。少なくとも多元化する現代において〈一つの中心〉というとらえ方を強調することは、アナクロニズムではある。しかし、鮎川はこの考えを生涯手放さなかったと思う。晩年に吉本隆明と鮎川が対立することになるのも、この問題に関わっている、と私は考えている。十章で検討するように、私の理解では吉本が「重層的な非決定」という方法を時代の転換の中で必然化したのに対し、鮎川はあくまで〈一つの中心〉で時代と対峙しようと考えたからだ。吉本の思想がスターリン主義国家と高度資本主義の分析にあり、鮎川の思想は近代の普遍化とも言うべき位相だったから、両者はかみあうことはなかった。

こう考えていくと、鮎川は究極のモダニストだったと考えることもできるだろうか。もし、いまでも鮎川が生きていたら、原発やテロという現代の問題にも、変わらず〈一つの中心〉で応答したと私は思う。鮎川の応えは予想できるが、ここではふれない。〈一つの中心〉という方法は西欧近代起源、さらに言えば一神教的起源を持つという限界はある。しかし、近代を相対化しながら究極の近代をめざそうとする思想は、現代においても有効性は失っていないだろうし、グローバル化の時代に国家や国民が問い直されているように近代はたえず問い直される問いなのである。次に検討するように〈アメリカ〉という理念も〈一つの中心〉に関わっており、彼の詩「アメリカ」にならえば、「われわれの〈モダン〉はまだ発見されていない」というのが彼の立場だったのではないか。

「暗い構図」にもどると、詩は認識に関わる言語的な実践であると論じられているが、その認識の究極の形が〈一つの中心〉だというのが鮎川の考えだった。これまで検討してきた〈世界〉という、十代の頃の漠然とした視点が、〈一つの中心〉への認識に接続されたと私は考えている。戦争を通過する中で選び直された〈外なる私〉と〈内なる人〉という方法を展開しながら、〈一つの中心〉を探究し続けたのが、鮎川の戦後の表現だった。鮎川の批評における〈外なる私〉とは、一人称と三人称を接合して書く試みと考えてもいいだろう。それは個と普遍を結びつける方法だったが、小説家のようにフィクションをつくろうとして〈私〉や〈私たち〉を構築したのではない。戦前における〈疑似戦後意識〉を戦後に接続し、あくまで〈一つの中心〉を求めるために〈外なる私〉と〈内なる人〉という方法が選ばれたのである。

3　アメリカ

日本の戦後は、〈一つの中心〉を前提とすると、どのように見えていたのだろうか。これまで考えてきたように鮎川は、第一次大戦後の〈戦後〉から日本の戦後を考えていた。それは「荒地」グループの共通認識だった。単純化すると世界史として日本の戦後を見ることになり、ヨーロッパからの視点であることは否めない。

一九五〇年代は、アメリカが冷戦構造の中で占領政策を転換したあと、日本は高度成長の道を歩み始める。占領終結以後、日本にとってのアメリカは、軍事＝支配の面が不可視化され、豊かな消費社会のイメージが前面におしだされていく。社会的には、鮎川の「外なる私」の言葉が必要とされた時代だった。鮎川は「現代詩とは何か」など、啓蒙的な批評を書き続ける。第一次大戦後の戦後という視点は、日本の戦後を相対化し批判しえたし、ファシズムの過去に対し〈意味への意志〉を対置することにより、それを乗り越えることが可能なように受け取られた。丸山真男の政治学、川島武宣の法社会学など、一九五〇年代の知は広く近代主義に彩られていた。平和と民主主義というこれまで深く体験したことのない価値が占領軍によって導入された時、大衆は近代主義と啓蒙によってそれらを自分のものとすることを欲望した。鮎川の批評もそうした中で近代主義的に理解された。

「はじめに」で書いたように、歴史家・日本研究者のキャロル・グラックは日本の「戦後」概念を分析し、日本だけが持つ文脈が複数内包されていることを指摘する（『歴史で考える』岩波書店、二〇〇七）。鮎川に関連した問題では、日本の〈戦後〉が、冷戦としてあったことを挙げておこう。冷戦体制に組み込まれ、戦後は「アメリカ帝国の中の日本」としてあり続けた。文化的にもアメリカ化が行なわれた。このことが充分顕在化しなかったため、冷戦が終了してもアメリカの問題は残った。日本の〈戦後〉は「終わり」をいっこうに迎えない。二〇〇六年に至っても時の首相が「戦後レジームからの脱却」を所信表明で宣言しなければならず、アジア各国から戦後補償の問題が提起され続けるのは、〈戦後〉はまだ残された問題としてあり続けることの証だろう。

鮎川が第一次大戦後の戦後から考えた時、冷戦としての戦後は非常によく見えたはずだ。彼のアメリカとソ連への関心は、彼の考える〈大きな戦後〉からきていると私は考えている。それゆえ、〈大きな戦後〉からの批判軸は、内には戦後社会批判になり、外に対しては冷戦的世界構造への批判となった。だから、日本の中の冷戦構造の批判では鋭い指摘をすることができた。しかし、この視点は戦後社会批判に内在的なものを欠いていた限界はあった。それは後に鮎川に還ってくるのであるが。

このような日本の戦後の外と内の問題が正面から出ているのが、未完の長詩「アメリカ」である。「アメリカ」は、鮎川にとって重要な作品だ。掲載されたのは「純粋詩」十七号（一九四七年七月）、一九四七年は彼にとって「死んだ男」を書き、「荒地」を創刊する、戦後の実質的出発を告げる年だった。「アメリカ」は彼の作品で唯一「「アメリカ」覚書」として、作品生成の方法を記す付記を持つ。「覚書」では、「アメリカ」が断片の集積という方法をとり、多数の引用から成立していることを記す。最晩年に行なわれた北川透によるインタビューでは、「集合体としてのアメリカを、作品としてはどうして表わすのか、ということを考えた」（「あんかるわ」七十四号、一九八六年三月）と、引用のコラージュとして書かれたそのあり方が、多民族によって構成される現実の国家アメリカの喩であることを語っている。引用の詳細な追跡は牟礼慶子の『鮎川信夫からの贈りもの』などに詳しいが、ここでは、冒頭のトーマス・マン『魔の山』と森川義信の言葉、そして鮎川自身の「橋上の人」、「死んだ男」からの引用が構造をつくっていることを指摘しておこう。

「アメリカ」は、これまで多くの論者によって論じられているが、「「アメリカ」覚書」をふまえ、引用と断片の集成という方法にそって読解がなされていた。しかし、「アメリカ」を掲載した「純粋詩」に同時に発表された「一つの世界」と題するエッセイこそ、当時の鮎川の考えていた理念としての〈アメリカ〉を具体的に示すものであり、詩「アメリカ」にも関わっている。「一つの世界」とともに詩篇を読み直さなければならない。「一つの世界」の冒頭に、鮎川は書く。

アメリカが過去のヨーロッパ的文化にかわって、僕達の強い関心の対象となってきたということは、デモクラシイに基づく〈一つの世界〉への僕達の欲求の現れである。僕達は世界の文化に直接につながるものとして僕達の生活を考えたい。

〈アメリカ〉は、鮎川（たち）が模索する、ヨーロッパ（＝〈荒地〉）に代わる新しい理念だったということになる。その発想をなぞるように、詩「アメリカ」は一九四二年の〈荒地〉をめぐる情景から始まる。一九四二年とは、鮎川の入営の年であり、『戦中手記』に「我々の生活が行き詰まった年」と書かれた年である。「一つの世界」（＝〈アメリカ〉）は、彼によれば、民主主義を共通の基盤として世界中の国家が統一された状態を指す。世界は統一の方向に進むと彼は考え、その具体的な例として多様な人種や文化を民主主義によって統合する（とされる）アメリカがあるとする。鮎川信夫とは思えないようなナイーブな理想主義ではあるが、「一つの世界」が前節で検討した〈一つの中心〉に応答する着想であると考えればいいだろう。それは近代が究極に達する世界像であり、鮎川が戦後において〈一つの中心〉として考えようとした理念だった。「「アメリカ」覚書」では「すべての言葉の運動は一つの中心に向って進む一つの宇宙を形成する」とも書いている。「覚書」が詩「アメリカ」の方法を記しているのに対し、「一つの世界」は鮎川の理念としての〈アメリカ〉の具体的内容を記したとも考えることができよう。だから「アメリカ」は次のように語られなければならなかった。

「アメリカ……」
もっと荘重に　もっと全人類のために
すべての人々の面前で語りたかった
疲れと沈黙の瀑布が
ゆっくりと存在を閉ざす

（「アメリカ」初出形、「純粋詩」十七号、一九四七年七月）

続けて、来るべき理想世界〈アメリカ〉を「新らしい黄金時代」として夢想し、その実現を希求する。

憐むべき君たちの影にすぎぬ僕は
きちんとチョッキをつけ上衣を着て
卓子に寄りかかって新らしい黄金時代を夢みてゐる
いつの日か　僕らの交す眼ざしや
なにげない挨拶のうちから生れる未知の国民のことを

この「未知の国民」という言葉は、先に引用した「一つの世界」の「未知の未来の人類」という言葉に対応した、〈一つの世界＝国家〉の国民を想定していたはずだ。占領当局による情報操作もあって、終戦直後の〈民主国家＝アメリカ〉像は、輝かしい魅力を持っていた。しかし、注意しなければならないのは、労働組合が呼びかけたゼネストにマッカーサーが中止命令を出したのは、「アメリカ」が発表される半年前の一月である。だから鮎川は彼の理念〈アメリカ〉が内発的なものであることを強調する。

僕達は縷々僕達の考え方とか、暗い青春をとおして詩や文学の世界から受け取ってきたものに対して強制された思想、強制された文学ということを言ってきたが、アメリカは強制されたものではない。それは僕達の思想が行きついた一つの地点であり、僕達の内部の欲求を具象化していく力を持った未知の未来の人類を形成してゆく原動的な世界である。そうでなければ僕達にとってアメリカはどうだって構わぬ他国に過ぎぬのである。（「一つの世界」）

しかし、アメリカの現実の動きを見て、先に引用した「疲れと沈黙の瀑布が／ゆっくりと存在を閉ざす」を最初の『全詩集』（荒地出版社、一九六五）に収録する際に改稿し、次のように書く。

反コロンブスはアメリカを発見せず

非ジェファーソンは独立宣言に署名しない
われわれのアメリカはまだ発見されていないと

改稿は、〈アメリカ〉はいまだ発見されていない理念であることを明確にした。現在一般に流布している詩「アメリカ」は、改稿後のものだ。先に書いたように、占領終結以後、日本にとってのアメリカは、軍事＝支配の面が不可視化された。しかし第一次大戦の戦後という視点を手放さなかった鮎川は、〈冷戦としての戦後〉の不可視化の構造がよく読み取れ、そのことを書き続けた。八〇年代の時評の柱はそのことだったが、それに先立つ六〇年代の『一人のオフィス』（「週刊読売」連載、後に思潮社刊）でも冷戦構造に組み込まれた日本を批評している。

鮎川はたしかにアメリカに生涯関心を持ち続けた。今では明らかになっているが、夫人の最所フミが英文学者だったということが、資料の入手を容易にしていたのだろうか。晩年の八〇年代においても「タイム」、「ニューズ・ウィーク」、「パルチザン・レヴュー」、「フォーリン・アフェアーズ」、「コメンタリー」など毎月何冊もの海外誌を読んでいたことを表明しているし、当時の日記にはしばしば国際情勢に関する記述が登場する。

戦争期まで、鮎川にとって重要なのはヨーロッパだった。アメリカは戦争期以後、兵士として直接アメリカと対峙した経験、戦後の占領、冷戦と、実体験としても大きい。アメリカに関する著作では、『私のなかのアメリカ』（アメリカに関わるインタビュー、批評を集成したもの。大和書房、一九八四)、『アメリカとAMERICA』(石川好との対談。時事通信社、一九八六)と二冊の本を刊行している。晩年のコラムや時評にもアメリカ論は多い。

だが、一方で、〈不可視化されたアメリカ〉を告発する江藤淳のような議論にも与することはなかった。江藤は、『一九四六年憲法——その拘束』(文藝春秋、一九八〇)、『自由と禁忌』(河出書房新社、一九八四)など、日本の戦後の枠組みがアメリカの占領政策によって形成されたことをアメリカの資料によって論証し、それが八〇年代においても継続していることを論じた。これに対し鮎川は、晩年のインタビューでは「戦争をトータルにとらえていない」と批判している(「モダニズムとナショナリズムの交錯する場所」、「現代詩手帖」一九八六年十月)。

〈不可視化されたアメリカ〉を可視化するために、いっそ日本がアメリカの五十一番目の州になってしまえばよい、という思考実験として、日本とアメリカの関係を鮎川に問いかけたのは磯田光一だった(「合州国日本の仮説」、鮎川との往復書簡、「伝統と現代」一九七七年七月)。戦後日本のアメリカ化、アメリカの内面化に対して、磯田は可視化する一つの作業仮設として提起したのだが、鮎川の答えは左右を問わず日本の反米ナショナリズムの底にある、アメリカへの親和性を指摘しつつも、その親和性を拒絶する。「両者の間にさまざまに屈折した段差や恐ろしい深淵が見えてくる」と磯田光一あての書簡の最後に記す鮎川は、不可視のアメリカと同様、可視の親和的なアメリカも、虚構であることを十分に知っていたに違いない。

しかし、一九八六年に亡くなった鮎川にとって予想できなかったのは、これほど早く冷戦が終結するということだったろう。同じ八六年に刊行された石川好との対談集『アメリカとAMERICA』でも、最後まで冷戦が持続するという前提で議論が展開されていた。

4　得体の知れない怪物

一方で、鮎川の〈内なる人〉は封印を解かれることもあった。それゆえ鮎川は〈外なる私〉ではとらえきれない多面性を持った。「一つの世界」のために国家や民主主義を一応は認めるが、詩ではそれを裏切るようなことも書く。だいたい近代が志向する価値は、新しさや前進であるはずなのに、しばしば退嬰的なものを描く。「死んだ男」のすぐ後に書かれた、死んだ姉という架空の人格を設定する「姉さんごめんよ」（初出「純粋詩」十五号、一九四七、引用は全集収録版）などは、彼のモダニストの側面からは理解は難しい。

生きのびてきたわたしの心に
忘れがたい悲しみの面影がうかぶとき
うつくしかった姉さん！
いまでは墓穴にかくれ
ひとりで牛乳を匙ですくって
ほそい咽喉に流しこんでいる姉さん！

あなたはむろん黙っているけれど
愛と死の隠れんぼはやっぱり楽しいものだろうか

この「姉」は幼女のまま死に、凍結したまま、美しい純粋さを保っている存在として設定される。「姉」をどう考えるかは別として、暗い墓穴で、白い牛乳を細い咽喉に流し込んでいるイメージ、そしてその姉に「うつくしかった姉さん!」と呼びかける詩行は、甘美ではあり、そして強いエロスを喚起する。退嬰的な世界ではあるが、人をそこに引き込む力を持つ。架空の姉という存在を登場させる作品は「落葉」、「あなたの死を超えて」と複数書かれていて、亡姉詩篇と呼ばれている。いずれも姉をめぐる性と死のエロティシズムが濃厚に立ち上がってくる作品で、そのあまりの迫真力に、モデルを捜したり、あるいは鮎川に近親相姦願望があるととらえられたりもした。しかし、鮎川は退嬰的な世界をしばしば描いていて、たとえば散文集『厭世』や詩集『宿恋行』のいくつかの作品は退嬰の気配が色濃く漂っており、この亡姉詩篇の退嬰は他の作品のそれにつながっているように私には見える。

明晰で理性的な鮎川の世界に、時として理解不能な、異様なものが顕れることがある。このような退嬰の他、世界を、そして自己をも拒絶する自己放棄、エロティシズム……。得体の知れない怪物が鮎川の中に棲んでいた、と思えてくる。鮎川は個人と、その自由を一貫して主張したが、それは、このような怪物を棲まわせる自由、表現する自由をも含んでいるのだろう。それは時として反社会的ですらある。究極の近代を考える鮎川は、国家や民主主義を認めるが、内部にはそれらを破砕しかねないアナーキーなものが潜んでいたのだと思う。

「姉さんごめんよ」で大事なことは、姉が死んでいるということではないだろうか。森川＝Ｍで行なったように、死者を理解しようとすることを、姉という存在で行なったように思える。死者とは他者ばかりではない。戦前の、幼少期の鮎川もまた死んでいるのである。ここでの「姉」とは、自己の中の他者、自己であるが他者でもあり、今は離れてしまった幼少期を呼び出す存在のことだと私は受け取る。幼少期の生＝性が封印され、夢や欲望が凍結してしまった「私」。それを描くために年上の異性のきょうだいという距離が設定されたのではないだろうか。鮎川には現実に妹がいたから、姉という虚構が召還されたのかもしれない。

かつて「私」であって今は「私」でないものの死を「理解」しようとする、虚構の姉への呼びかけとして。そしてここでの〈姉〉は、幼女のまま時間が停止してしまったのだから、〈妹〉のようでもある！〈姉〉という、幼少時には大人への入口であったものが、年上であったことを封印され、幼女として存在している。子どもだけの親密な感情が凍結したという設定で、そこに向けて呼びかけるのが、この詩の構造なのではないだろうか。

私は、「姉」への愛恋を言葉通りにとって、近親相姦願望とは読まない。戦前における子ども向けの物語では、男女の恋愛が充分に描けなかったため、その代償として姉や妹への愛を描くことがしばしばあった。少年の時、そうした物語を読み、「姉」をめぐる虚構の愛恋の感情を少年世界の原型として書こうとしたのではないか。

あまりに甘美な「姉」の描き方に、「姉」とは何かと考えたくなるのだが、むしろ、私がここで問いたいのは「ごめんよ」の方である。少年ふうの言葉で、架空の「姉」に対し、謝罪しなければならなかったものとは何か。

ここに描かれた「姉」は、幼くして死んでいる。「わたし」はすでに死んだ「姉」の年齢を越えている。「わたし」からすれば、きょうだいだけの、社会のことを何も知りえない中での幸福な小世界は、「姉」の死とともに消えてしまった。わたしはその後も生きのびてきた。この「生きのびた」ことが、激しく問われるのだ。最後の部分を引こう。

姉さん！
飢え乾き卑しい顔をして
生きねばならぬこの賭はわたしの負けだ
死にそこないのわたしは
明日の夕陽を背にしてどうしたらよいのだろう

生きのびることの、激しい自責。人生という賭けに、負けること。なぜなら、純粋さを捨てて生きのびてしまったし、生きねばならないから。こうした罪障感は、戦争から帰還した兵士の多くが持つものだが、鮎川は肉親でもあり他者でもある「姉」への〈呼びかけ〉として、幼少期という死者に新たな生命を与えようとしたのではないだろうか。

失われた幼少期に出会うことは、時に甘美な、再び生を充溢させるような輝きを持つ。そこへ還る、つまり死の世界に行く誘惑さえただよう。それは退嬰的であるが、人は退嬰的なものに魅かれるほど自由でもある。

激しさをともなった「この賭はわたしの負け」という言葉は、生きるためにもはやふれることのできない幼少期に「負け」として出会い続けること、それが書き手の現在であることを宣しているように思える。タイトルの「ごめん」とは、「負け」である者として幼少期の「私」に向き合う時の、そのように語るしかない言葉だろう。

「姉さんごめんよ」は、後に「あなたの死を超えて」と合体し、三連構成の第一連となる（『荒地詩集一九五二年版』）。その第二連にあたる部分には、

「もし身体にも魂にも属さない掟があるなら
わたしたちの交りには
魂も身体も不用です」
あなたのほそい指が
思い乱れたわたしの頭髪にさし込まれ

わたしはこの世ならぬ冷たい喜びに慄えている
誰も見てはいないから
そして闇はあくまで深いから
姉さん！
一切の望みをすてゝどこまでも一緒にゆこう
わたしの手から鉛筆をとりあげるように
あなたは悪戯な瞳と微笑で逃げてゆけばよい
わたしは昔の少年になってどこまでも追いかけてゆくだろう

とある。身体にも魂にも属さない世界、つまり想像力の世界で交うことを夢見る。少年になって「あなた＝姉」を追いかけることも語られさえする。この作品の最後では、「あなた」の視線を意識しながら、家を建て、妻と住むことを語ることで終わる。「姉」は封印されたままだ。

底知れぬ退嬰への願望が鮎川にあったのだろうか。それがどこから来るのか、はっきりとは鮎川自身にも分からなかっただろう。おそらくは幼少期の父親との葛藤、そして戦争体験ということに行きつくのだろうが、明確ではない。〈姉〉を描くときの生き生きとしたエロティシズムを見ると、ここではそれを仮構の中で解放したとも言えるが、それは鮎川にとって小さなものではなかったろう。

近代をめぐる思索とは相容れないものをかかえ、生きた。だからこの怪物は暗い穴に封印されなければならなかった。一方で究極の近代を求め、他方で怪物と向き合う、この位相が鮎川の表現を深めはしたが、不明なものを残していったのである。

第七章　詩的共同性の凝集と解体

1　Xへの献辞

「荒地」同人のマニフェスト「Xへの献辞」は、詩的共同体としての〈荒地〉が理念としての〈荒地〉と最もよく結合したものである。『荒地詩集一九五一年版』に掲載されたが、本来は、「荒地」本誌に掲載する予定だった。「荒地」は一九四八年六月刊行の第六号で刊行を終える。終刊の告知は無く、同人たちは年刊のアンソロジーの刊行へ移行した。一九五一年から五八年まで八冊刊行された年刊詩集は、すでに雑誌「荒地」刊行中に計画され、四八年には第一冊が出るはずだった。「荒地」第五号（一九四八年一月）には広告が出ている。

しかし、「Xへの献辞」は第五号の次号予告に出たものの、終刊号となった第六号にも掲載されなかった。『荒地詩集一九四八年版』は校正が出るまで進行したが、印刷所による紙型紛失事故のため結局刊行されなかった。戦後の混乱期に出版社が倒産したためおこった事故だが、予定の四八年から三年も間があいたのは、態勢を立て直すために必要だったのだろう。

結果的には、年刊への変化は、編集・製作の労力から同人を解放したと言える。「荒地」詩人賞を設け吉本隆明らを世に出し、『詩と詩論』というアンソロジーを出すなど、運動体としての動きはかえって活発になったからだ。この年刊アンソロジーの八年は、「荒地」の運動を社会的に拡大した時期だった。

鮎川と中桐雅夫、黒田三郎、三好豊一郎、木原孝一、田村隆一、北村太郎、加島祥造らの「荒地」同人の関係が最も凝集したのは「Xへの献辞」の発表前後だった。共同執筆がどのように行なわれたか、同人の証言は微妙に異なる。鮎川は「みんなが言っていたこと」を「集めて書いた」と語っている（「現代詩手帖」一九七二年増刊）。北村太郎の回想によれば、鮎川、北村、田村、三好、黒田の五人のアンソロジーを出すために集まった時に、鮎川がその場で執筆し、四人の校閲を経るという形でできあがった。訂正したのは「確か一か所だけ」だという（『センチメンタルジャーニー』）。鮎川は北川透との対談でこれに近い発言もしている（「現代詩手帖」一九八〇年四月）。

証言を総合しても、少なくとも鮎川が第一稿を書いたことは確かだろう。「親愛なるX」という架空の読者に向けた二人称への呼びかけの形式という構造、〈荒地〉や〈無名にして共同なるもの〉という理念など、『戦中手記』をひきついでいる。「LUNA」でも戦前の「荒地」でも、イメージや言葉の共有、応答を行ない、相互に影響されながら詩や詩論を書いてきた。この相互関係を追跡するのは今後の課題だろうが、そうした関係の集積の上に「Xへの献辞」が起草されたと言っていいだろう。彼らに共通するのは、もちろん戦争体験やモダニズムといったものがあるだろうが、それらを全て総合する「荒地」という言葉だった。その一節を引く。

現代は荒地である。そして僕達は、それが単に現在的なものの徴候によってのみ、充分に測定され得るものとは思っていない。現代社会の不安の諸相と、現代人の知的危機の意識は、その発端を過去という記憶と資料の援けをかりなければならない世界に有している。(「Xへの献辞」)

現代は荒地である、という認識。これは鮎川が『戦中手記』をはじめ、繰り返し書いてきたことである。「Xへの献辞」は最初にそのことを宣言し、その認識の中で詩を書くことを問う。この認識と戦争体験を共有していたから、彼等の書く「われわれ」という主語は実体のあるものだった。その共有の中で言葉やイメージ、問題意識をやりとりしながら詩や評論が書かれたから、外からは閉鎖的と批判されることもあった。しかし、彼等が行なおうとしていたのは「架橋工作」だった。

詩について考えることは、とりも直さず僕達の精神と君の精神とを結びつける架橋工作である。たった一人の君に語りかけるために、僕達が力を併せて荒地を形成している意味を理解してくれたならば、僕達各個人が如何に分裂し、模索の方向を異にし、未明の混沌とした内乱状態にあろうとも、なお一つの無名にして共同なる社会に於て、離れ難く結び合っていることも、より一層深く理解してくれるだろう。（同）

詩が個人の架橋の役割をはたし、それが「無名にして共同なる社会」に連続していくという着想は「宣言」という条件を割り引いても、過剰に理想主義的に見える。その過剰さは彼らの戦中の「絶望」が反転したものだと考えることもできる。だが、この理想を同人たちは詩的実践の中で深めていったとは言えなかった。

この時代はまだ米軍占領下で、戦後の混乱と経済的困窮のただ中にあった。そして一九四八年は、警察予備隊の創設など、いわゆるアメリカの「逆コース」が顕在化した年でもあり、様々な議論が渦巻いていた。四〇年代末から五〇年代初めにかけての文学界は、大岡昇平、埴谷雄高、

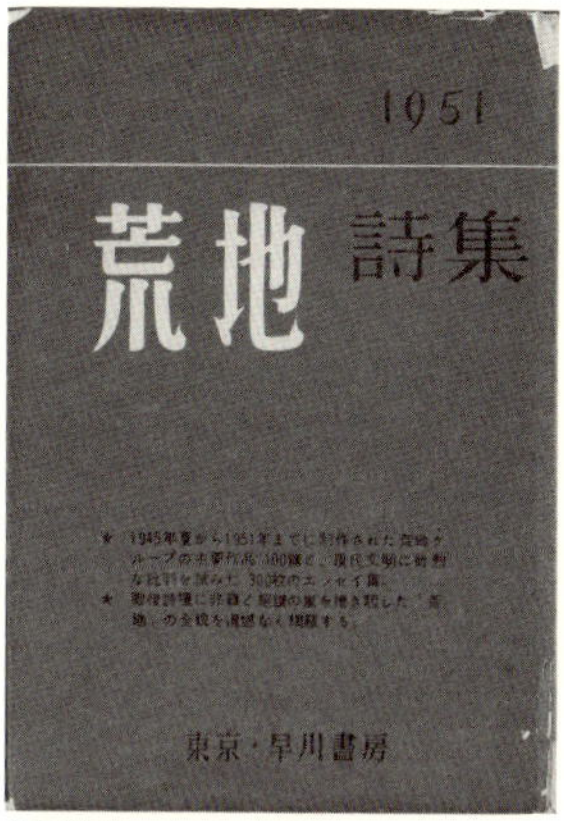

『荒地詩集一九五一年版』

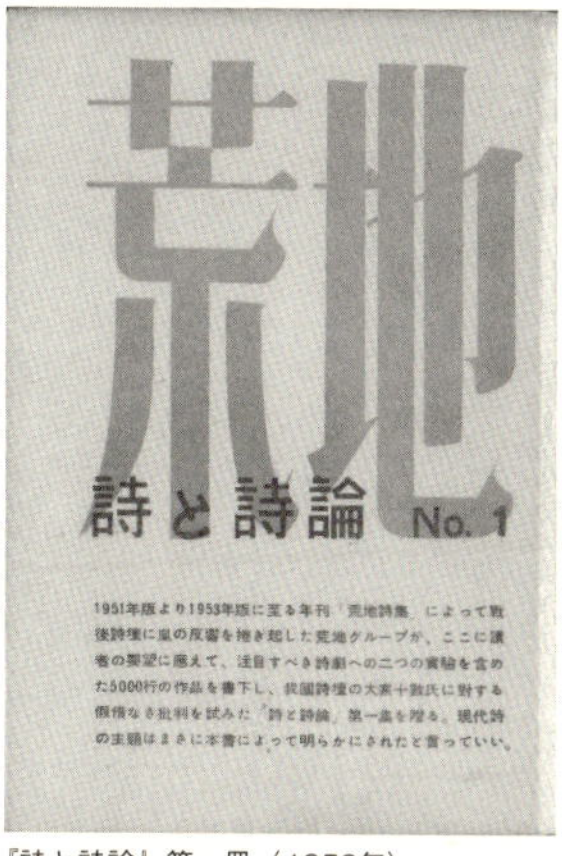

『詩と詩論』第一冊（1953年）

島尾敏雄、武田泰淳ら第一次戦後派の作家たちが主要な作品を発表し始め、太宰治の自殺や、石坂洋次郎の登場に代表される新しい戦後の感性が出現しつつあった。詩では、『マチネ・ポエティック詩集』（一九四八）が刊行される一方で、サークル詩運動がさかんになり、それを組織しようとした「列島」（一九五二-五五）など、左翼系の詩も拡がりを見せていく。その中で「荒地」は、「Xへの献辞」が発表され運動の全貌が見えてくるにつれ、批判にさらされるようになる。

そもそも戦後の「荒地」が創刊されてから、鮎川は論争の渦中にあった。戦争詩をめぐっては、北村太郎が「空白はあったか」（「純粋詩」一九四七年十二月）で前世代の詩人たちが戦争期を空白としてとらえたことを批判したことに続き、中桐雅夫「Lost Generation の告白」（「荒地」二号、一九四七）、黒田三郎「詩人の運命」（「純粋詩」一九四七年七月）がそれを展開した。鮎川も「「荒地」の立場」（「近代文学」一九四八年五月）、「「荒地」について」（「詩学」一九四八年十二月）などで、「荒地」の立場を主張し、「現代詩とは何か」（「人間」一九四九）、「詩人の条件」（「詩学」同十二月～一九五〇年七月）など、啓蒙的な批評を書く。さらに社会詩、抵抗詩への批判を「詩人の社会的責任ということ」（「詩学」一九五四年八月）、「サークル詩をめぐって」（「知性」一九五五年六月）、「詩歌の芸術性と社会性」（「短歌研究」一九五五年九月）において展開する。しかし一番大きな広がりを持ったのは、いうまでもなく『死の灰詩集』（宝文館、一九五四）をめぐる論争である。

『死の灰詩集』はアメリカによるビキニ水爆実験で日本のマグロ漁船が被爆した事件に対し、現代詩人会が抗議のための公募による百二十余篇の詩のアンソロジーを企画したものだ。鮎川は、外在的なものに付和雷同的に詩人が流されるのは、戦時中の戦争賛美のアンソロジー『辻詩集』、『現代愛国詩選』などと構造は同じであり、作品もすぐれたものは無いと批判する（「『死の灰詩集』をいかにうけとるか」、「短歌」一九五五年七月ほか）。鮎川の論調に対し、参加した詩人（木原孝一と三好豊一郎は参加）や詩人の社会参加を積極的に押し進める立場の詩人たちから批判が集中した。

「荒地」をめぐる批判は主として戦争詩を書いた側の詩人たちと、社会派の流れを組む詩人たちからだった。後にこれらの論争を回顧して、鮎川は戦争責任に関わる問題だったと位置づけた（「戦争責任論の去就」）が、初期には戦列に加わった北村や黒田らも発言しなくなり、ほとんど鮎川一人で論争を担った。吉本隆明も戦争責任論を展開したが、二人のアプローチは違っていた（次節参照）。

「戦争責任論」という言葉が誤解を招くのは、鮎川が批判したのが、単に戦争詩を書いたことと受け取られるからである。だが、戦争期に戦争詩を書いたことには多様な理由があり、むしろ問われなければならないのは戦後それをどう考えるか、ということだろう。鮎川も「責任」ということを戦争詩を書いた、書かないかに関わりはない、と発言している。

われわれにとって、戦争詩人たちのなかにいたとしても、同胞の隊伍のなかにいたとしても、また徴用工のなかにいたとしても、いわばその罪は同じものだ。あなたは戦争詩人のなかにおり、ぼくは同胞の隊伍のなかにおり、かれは徴用工のなかにいたのだ。いずれも拷問、掠辱、略奪、破壊を行なう大規模な組織のなかにいたのではないか。

（「『死の灰詩集』論争の背景」、「詩学」一九五五年十月）

彼の書くとおり、戦争責任を戦争詩を書いたことだけをもって問うのはおかしい。戦争詩だけを切り離して問うことは、戦争詩の本質を、さらに言えば戦争を見誤らせることになりかねない。鮎川が問いかけたのは、「内部のたたかい」（同）を経ず、あるいは自ら積極的に戦争詩を書いてしまった社会意識を問い返し、明らかにしていく責任が詩人にはあるということではないだろうか。そして戦争詩、そして社会詩などが外在的な価値や倫理、美によって書かれることを批判し、内在的なものによって詩は書かれなければならないと主張するのである。

それゆえ社会的責任という問題に関しても、詩の内部にしかその応えはないと考えるのである。「詩人にとって、詩をよいものにする以外には、いかなる社会的責任もないはずです」（「詩人の社会的責任ということ」、「詩学」一九五四年八月）と発言し、社会的責任とは結局は「よい詩」を書くことであるとする。この引用は『松川詩集』（宝文館、一九五四）、『日本ヒューマニズム詩集』（三一書房、一九五二）などのアンソロジーに対して向けられたものであるが、『死の灰詩集』論争においても、「作品価値を積極的に肯定した者はなかった」（「『死の灰詩集』論争の背景」）と、詩の評価が第一の問題であるとする。たしかにこの論争では詩の内容はほとんど問われることは無かった。いま読むとメッセージの単純さ、類型性が眼につくが、川村湊が指摘するように、ビキニを含むマーシャル群島が日本植民地だったことと関連づける作品はほとんど無かった（『原発と原爆』河出書房新社、二〇一一）。

鮎川の批判には、このアンソロジーが「序」に書かれているように、全国から公募した千篇から百二十篇を選んだものであることは充分ふれられていない。当時盛んだった、職場や地域のサークルにおける詩の運動をめぐっても、鮎川は、無意識に類型に陥り、「方法の貧しさが、いかに表現の領域をせばめ、その自由を奪うものであるかに早く気がつかなければならない」（「サークル詩をめぐって」、「知性」一九五五年七月）と論じ、彼の考える「よい詩」ではないと否定している。

一九六〇年代までの日本社会は、イデオロギーの対立が激化し、政治が生な形で詩の現場に関わった。その中で詩人の社会的責任が問われたのだが、鮎川の主張は、強力に迫る外在的な価値から詩を解放しようとするものだったろう。しかし、文学至上主義だという批判はありえる。特に「列島」は、「荒地」に対抗した左翼的詩人のグループだったという性格だけでなく、全国のサークル詩の書き手を組織するという構造を持っていたために、鮎川の主張は批判された。「列島」も西欧起源の文学観の限界を持っており、「荒地」と同時代の歴史的制約を孕んでいることに変わりはないのであるが。

詩の社会的機能、あるいは詩人の社会参加という問題は、詩の世界ではたびたび論争を呼ぶ。八〇年代のアメリカの反核運動に対する文学者の声明をめぐる論争、九〇年代の湾岸戦争と詩をめぐるもの、そして近年では東日本大震災と詩をめぐる論争である。八〇年代の論争では、鮎川は「崩壊の検証」（吉本隆明との対談、「現代詩手帖」一九八二年八月）など積極的に発言しているが、論旨は変わらない。しかし、鮎川の死後、九〇年代の論争では、八〇年代の反核運動を当時批判した柄谷行人が声明を組織するなど積極的にコミットし、議論の枠組みが変化する。藤井貞和と瀬尾育生の間で行なわれた論争は、詩人の社会参加を積極的に認める立場の藤井に対し、詩は無力だ、ということを選んだのが「荒地」以後だ、と瀬尾は応じた（湾岸戦争をめぐる詩界の議論は坪井秀人『声の祝祭——日本近代詩と戦争』（名古屋大学出版会、一九九七）に詳しい）。その議論は対立したままだが、東日本大震災の後にそれに関わる震災詩が質を問わず大量に書かれる状況をどうとらえるか、という問題が、詩と社会の問題として現在も論じられている。

詩が社会とどう関わるかを問うことを、鮎川のように考えることは、詩がどこにあるのか分からない現在において、「よい詩」とすることを特権化する、ある種の反動ともなりかねない。いま、詩の書かれる現場でおきつつある新しい事態は、日本語と日本国家の流動化ということではないだろうか。東日本大震災のような非日常の中での詩、増大する「病」とされる者の詩を、詩としてどう評価するのか。あるいは、日本の詩は日本語使用者だけのものではなくなりつつある。

鮎川が考えた、よい詩・悪い詩とは、西洋起源の日本近代文学内部での基準だった。二十一世紀に入って、その評価軸は根柢的に問われているのではないだろうか。「よい詩」が西欧起源の文学観によって成り立っているとしたら、「悪い詩」、「へたな詩」をどう考えるべきなのか。「へたな詩」を評価する別の詩観を考えなければならない時ではないだろうか。それは現在の、詩界とは無縁に書かれる多くの「詩」とどう関わるのか。

かつて吉本隆明が、表現する知識人と表現しない大衆を分け、自分の書くものを大衆の沈黙と等価であるとし、虚構の大衆(「大衆の原像」と呼んだ)によって検証されると考えたのは、詩と大衆ということを考える一つの方法ではあった。しかし、いまや書く者と書かない者の境界線は引き難く、大衆はツイッターやフェイスブックで大量の言葉を発している。書く者と読む者の間にマーケットとメディアが交錯し、読む者は同時に書く者になりもする。

このような現代においては、大衆を沈黙としてとらえるよりは、その中に「表現」を見出すところこそ、考えなければならないことだろう。その新たな領野と「詩」はどのように関わるのか。「なぜ詩を書くか」という問いに鮎川は次のように応える。

自らの危やふやな存在の中に、外部から明らかな光を導き入れることであり、光を収斂して一つの中心を発見することである。エリオットが「静謐の一点」と呼んだような、そうした精神の働きを凝視し、〈時を超越せるもの〉を、自らの時の中に認識するに至るまで、自らの世界を愛撫することである。

（「現代詩とは何か」）

〈一つの中心〉は、たしかに彼にとって重要だった。しかし、いま必要なのは既成の詩の概念をいっさい取り払ってもなお、詩を考えることができる評価軸ではないだろうか。その問いに鮎川が一面で応えていると思われるのは次のような言葉である。

すぐれた詩を読んだときの新鮮な衝撃の底にあるものは、「いままでの世界に欠けていたもの」という実感であります。

（「われわれの心にとって詩とは何であるか」）

〈中心〉がポジだとしたら、〈欠けていたもの〉はそのネガであり、これは同じことではある。しかし、このとらえ方は、「悪い詩」、「へたな詩」でも評価する軸になるだろう。何が、どのように書かれているか、という、これまで詩の批評を拘束していた主題や方法をこの基準は問わない。詩をめぐる既成の概念を取り払って、言葉と向き合い、この詩（言葉）が出現したことによって、世界が新たに見え、世界がその詩（言葉）を必要としていたことを確信できたら、すぐれた詩ということになる。私はこの視点はいまも有効だと考えている。

それは言葉が〈世界〉を再創造させる力を持つということである。その時、その言葉は鮎川にとっては〈一つの中心〉となったのだ。既成の詩の概念を取り払って、現在の多様な「詩」に向き合った時、この視点は力を持つだろう。おそらく鮎川も、森川の「勾配」や吉本隆明の「転位のための十篇」を発見した時、この認識を持ったに違いない。

2 吉本隆明との出会い

鮎川にとって『死の灰詩集』論争を一人で戦わなければならなかったことは、「荒地」同人との離隔をもたらしたが、一人吉本隆明に対してだけは違っていた。鮎川にとって、戦後の吉本隆明との出会いは大きなものだった。吉本は一九二四年生まれ。鮎川との年齢差四年は戦争期においては決定的だ。一九四二年に鮎川は大学を中退し応召するが、吉本はその年四月に米沢高等工業学校に入学する。吉本は軍隊に入ることなく敗戦を迎える。つまり軍を体験した鮎川と、体験しなかった吉本の違いは、その後の展開に決定的な影響を与えた。敗戦期、吉本隆明の考えは以下のようなものだった。

わたしは徹底的に戦争を継続すべきだという激しい考えを抱いていた。死は、すでに勘定に入れてある。年少のまま、自分の生涯が戦火のなかに消えてしまうという考えは、当時、未熟なりに思考、判断、感情のすべてをあげて内省し分析しつくしたと信じていた。もちろん論理づけができないでは、死を肯定することができなかったからだ。死は恐ろしくはなかった。反戦とか厭戦とかが、思想としてありうることを、想像さえしなかった。傍観とか逃避とかは、態度しては、それがゆるされる物質的特権をもとにしてあることはしっていたが、ほとんど反感と侮蔑しかかんじていなかった。戦争に敗けたら、アジアの植民地は解放されないという天皇制ファシズムのスローガンを、わたしなりに信じていた。また、戦争犠牲者の死は、無意味になるとかんがえた。

（『高村光太郎』元版は飯塚書店、一九五七）

一九四一年、太平洋戦争開戦時に吉本は十七歳だった。日本ファシズムの進展とともに幼少期からの成長期をすごし、農村の困窮からの脱出やアジア植民地からの解放を説く急進ファシズムと心底から同化していた。引用したような心情は、イデオロギーや宗教的心情さえ変えれば、現在のテロリストの心情とつながる、と言っても過言ではないだろう。世界を全否定する中、一つの状況を信のもとに打破しようとした時、原理主義や暴力に吸引される過程がここには出ているのではないだろうか。吉本はこの敗戦期の心情を手放すことなくそれと向き合い、『固有時との対話』から『転位のための十篇』の詩篇を書く。

吉本は戦争期の間、日本の戦争目的と自らの死について疑うことはなかった。しかし鮎川は、違った。戦争に敗北し、大日本帝国が滅亡するという認識の下に戦争を見ていた。鮎川の総力戦への距離の取り方は、当時の日本社会の中では例外的と言っていいだろう。そうした現実との距離の取り方は、戦後においても持続した。鮎川と吉本の体験の差異をおさえなければ、二人の関係は理解できない。鮎川が戦争を語る時は、吉本は一歩退いた位置から受け止めていたように思う。

鮎川が吉本を「発見」したのは、鮎川の書くところによれば一九五三年秋、送られた『転位のための十篇』を読んだ時だという。「著者に会ってみたいという強い誘惑にかられ」(「固窮の人」)、吉本に連絡する。吉本は、自宅と当時勤めていた東工大の研究室の連絡先を教え、あらかじめ都合を伝えてくれれば待っているという返事を送ったのだが、鮎川は、吉本の都合もきかず、いきなり自宅を訪ねてしまう。この性急さは、鮎川がいかに吉本の詩に魅せられたかを表していよう。この時、結局面会はかなわなかったが、吉本は『荒地詩集』に寄稿するようになり、翌五四年には荒地詩人賞を受賞する。鮎川の初期の吉本評を引用する。

『固有時』から『転位』への、真の独創的な歩みによって、彼は、人間の魂というものが、いかに死と破滅の想念に抗して自由な生命を証するものであるかを、きわめてヴィヴィッドに表現してみせた。

『転位のための十篇』はその方法によって、自己中心的状態から他者への愛憎の世界へと移行する変化を表現したものといってよいであろう。対象を選びとること、烈しく自己の命運を賭してゆくこと、そのひとつの行為が、彼を歴史的、社会的現実のほうへと押し出すのである。

(いずれも「『固有時』から『転位』へ」、『吉本隆明詩集』書肆ユリイカ、一九五八)

一九五三年といえば、敗戦からすでに八年、「荒地」は六号を出し終刊、かわりに拠点となった『年刊詩集』もすでに刊行され、運動としての「荒地」は新たな段階に入っていた。戦後日本の社会的現実に対しても、「荒地」内部の歩みに対しても、鮎川にとっては失望が多かったはずだ（後に「荒地」は一九五一年で終わったと書いている）。

吉本の『固有時との対話』、『転位のための十篇』は、今では戦後を代表する「詩集」ということになっているが、はたして「荒地」がなかったら詩集としてどれだけ評価されただろうか。哲学的なアフォリズムとしては受け取られたかもしれないが、このような思想詩を受け入れるのは困難だったろう。

二つの詩集からは、世界と自己を言葉によって初源から問い直し、再創造しようとする過程とその意志が伝わってくる。いや、吉本が亡くなったいま読むと、言葉によって進む思考の生々しい肉体性が、より迫ってくるような気がする。鮎川の評にある「真の独創的な歩み」は、牟礼慶子の証言によれば鮎川は「この詩が現われなかったなら、僕たちはこの詩の分だけ欠けていると も気づかず、世界とはそういうものだと思いこんで生きてしまう」と語っていたという（『路上のたましい』）。それは前述のように鮎川が考えるすぐれた詩の基準だったが、彼にとっては、自らが展開してきた詩と批評の問題を実現した作品が現れたととらえたのではないだろうか。この『転位』に対する入れ込みに、私は森川の「勾配」を評価した時の鮎川を思い出す。

一九五三年に吉本は二十九歳。『固有時』、『転位』を刊行した後、旺盛な活動を展開し始める。翌五四年には大学の友人だった奥野健男、それに井上光晴、清岡卓行らと「現代批評」を創刊し、「マチウ書試論」を発表。五五年には「高村光太郎ノート」を発表し、文学者の戦争責任について論じていく。吉本の戦争責任論は、自らが戦争遂行や天皇賛美の詩を書いてしまった、という事実から出発し、戦争期の文学者がナショナリズムに取り込まれていく過程を考察したものだった。

吉本の戦争責任論を鮎川は二章で論じたように、「自己批判を社会批判にまで拡大転化することで、日本の社会構造の欠陥をその深部から抉り出そうとする」ものであると高く評価し、「エリート的な上からの批判を企てた私には遺憾ながら思いも及ばない方法であった」と書く（「戦争責任論の去就」一九五九）。

『死の灰詩集』論争で、同人からの反応が無かったことは、「荒地」の詩的共同性の解体を意味した。鮎川のように、一貫した姿勢をとれなくなり、相互批判もおきなかったことは、〈荒地〉の終焉を意味していよう。『戦中手記』の発表には、すでに論じたように、この吉本の戦争責任論への応答ということがあったに違いない。「戦争責任論の去就」は『死の灰詩集』論争の総括として書かれた論考であるが、吉本のあり方を評価する一方で、「荒地」の同人たちが戦列から離れてしまったことを批判する。「戦争責任論の去就」から六五年の『戦中手記』の発表の間には、安保反対運動があった。その間の鮎川は沈黙する。六五年は、前年に東京オリンピックが開催され、すでに戦争が遠くなっていた。

五〇年代から六〇年代にかけて、日本の詩は、理念から身をひきはがすように、私性や感性、感覚、肉体に歩みを進めることになった。六〇年代以降、鮎川の発言から〈無名にして共同なるもの〉も〈一つの中心〉も、現在的なものとして語られることは少なくなっていく。六〇年代後半以後鮎川はいよいよ単独者として自分の仕事に集中していった。

3 詩的軌跡の再構築

この論争の時期に並行して、鮎川はこれまでの作品を刊行する準備を始める。一九五五年に、『鮎川信夫詩集』（荒地出版社）として戦後の作品を集めた詩集を刊行した。敗戦後十年、初めての個人詩集であり、遅くはなったがそれまでの鮎川の詩の世界が見渡せる作品集である。森川義信の詩集が刊行されなかったように、戦争期は詩集など出せるものではなかった。第一詩集は田村隆一が一九五六年、中桐雅夫一九六四年、北村太郎にいたっては一九六六年である。

しかし、カバーに「1945〜1955」と書かれているように、戦後の作品による詩集だった。詩集の構成には、鮎川の思想が反映されていた。制作年代順ではなく、鮎川自身によってテーマ別にゆるやかに五つのパートに分けられている。解説の北村太郎は、それらをⅠ死、Ⅱ愛、Ⅲ兵士の歌、Ⅳ知的な心の風景、Ⅴ街の人と名づけている。戦後の鮎川の世界の原型とも言えるような構成で、二百頁足らずの薄い詩集だが、当時の鮎川が関心を持っていたものを凝縮して表していると言えるだろう。

私はこの詩集の持つ、それこそ若鮎が水から飛び跳ねるような勢いが好きだ。「死んだ男」も「繋船ホテルの朝の歌」もこの詩集の配列、薄さで読むと、全身で新しい言葉を発しているような、ストレートな詩人の心情が伝ってくる。後年の、懐疑的で、時に憂鬱な作品とともに読むのとは異なる、無防備な若々しい輝きを感じるのである。世界全体の転換の中で自由に泳ぎまわる魚の呼吸、その息吹が詩行からみなぎってくるようだ。

鮎川は第一詩集を増補した一九六五年版全詩集でもこの構成を踏襲する。そして普及版である『現代詩文庫』(一九六八)では六部構成になり、Ⅰ橋上の人、Ⅱ囲繞地、Ⅲ兵士の歌、Ⅳイシュメエル、Ⅴ落葉樹の思考、Ⅵ世界は誰のものか、というタイトルがつけられている。この構成は長田弘によるものであることが目次に明記されているが、テーマ別の構成を望んだのは鮎川の意志であったろう。テーマ別の構成方針の結果、書かれた詩の全体が制作年代順に追跡できるのは一九七一年刊行の『自撰詩集一九三七〜一九七〇』(立風書房)まで待たなければならなかった(これも、いちおうゆるやかに年代によって五章に分けられている)。

戦前の作品群は、二十篇を集めた詩集『橋上の人』(一九六三)があったものの、『現代詩文庫』まではすべて戦後の作品のみで、しかも「死んだ男」が冒頭にきていたのである。その結果「戦後詩人・鮎川信夫」が定着し、戦後の出発として「死んだ男」が象徴される結果となった。『戦中手記』の刊行は一九六五年であり、七〇年代まで戦前・戦後を時系列で貫く鮎川像は一般には見えなかったのである。

自撰詩集の後書きとも言える「詩的自伝として」の中では、そうしたこれまでの詩集の編集意図についてふれている。その文章によれば、これまでの編集は「作品の書かれた順序に拘泥せず、主題別あるいは題材別にいくつかに区分されていて、私の詩を、いわば「面」として読者に提示するという体裁をとっている」と位置づけられ、その動機を、自分の詩はいくつかの要素があり、複数の「面」として提示した方が全体像を読者に理解してもらいやすいと考えたと記す。しかし、テーマ別に構成してしまうと時間的な展開が見えにくくなり、また構成の仕方が今の自分にはあわなくなったため、自撰詩集は時系列の構成にした、と書いている。

テーマ別の構成は、これ以後とられていない。一九七三年刊の『鮎川信夫著作集』も、それを踏襲した『全詩集』（思潮社、一九八〇）、『鮎川信夫全集』もゆるやかな時系列である。ただし、冒頭には戦後の作品がきて、新発見のものを補遺として加えるという変則的な構成になっている。

結局、鮎川の生涯で新作を集めた詩集にタイトルを付けたのは『宿恋行』（一九七八）だけで（『難路行』は死後刊行）、あとはすべて「詩集」、「全詩集」というニュートラルなタイトルで刊行された。個性を表すタイトルが付けられる、一般の詩人のあり方に対して特異な例と言えるだろう。

ここで重要なのは、敗戦後から四半世紀たった七〇年前後において、一九五五年の構成があわなくなった、ということだと思う。一九五五年版と一九六五年版を比べてみると、増補されているのはⅣやⅤのパートである。そして新たにⅥとして「アメリカ」を中心とする、世界観、文明論のようなテーマのパートが加わった。Ⅲの兵士の章で増えたのは、戦友と再会し戦争を想起する「戦友」である。それは現在時とは切り離されている。こうした経過は、「敗戦後」の枠組みから鮎川が離脱しつつあった結果であると私は考えている。つまり、一九七〇年前後で、鮎川の戦後は内的な区切りがついたのではなかったか。それとともに「荒地」の詩的共同性とも完全に離れたと私は考えている。

「詩的自伝として」というタイトルが示すように、時系列で構成した作品全体を「自伝」と考えたようである。時を同じくして、七一年から雑誌「ユリイカ」に自伝的回想『厭世』を連載する。鮎川の全体を集成する『著作集』の刊行は七三年からである。一九七〇年代に入り、〈戦争〉は鮎川にとって「現在」ではなくなり、距離をとったものになった。

第八章　放棄と否定

1　戦後批判の展開

年刊の『荒地詩集』は一九五八年で終わるが、言うまでもなく鮎川にとって敗戦直後の雑誌「荒地」刊行から年刊詩集の終刊までの十年が、もっとも稔り多い時期だった。詩では「死んだ男」、「アメリカ」、「繋船ホテルの朝の歌」など詩史に残る問題作を書き、批評では前章で検討したような論争を行ないながら、「現代詩とは何か」、『現代詩作法』（牧野書店、一九五五）、『抒情詩のためのノート』（ひまわり社、一九五七、疋田寛吉と共著）をはじめ啓蒙的文章を書き続ける。

これまで検討したように、鮎川の戦後は、戦地から病院船で帰還する時から始まっていた。軍の療養所で『戦中手記』を書いたこと、一時帰休の際、退所願いを書いて郵送し、そのまま戻らなかったことは反軍行為であり、鮎川はいわば脱走兵のまま敗戦を迎えたことになる。この反国家行為を彼はあまり強調しないが、彼の戦後批判はそのような場所から行なわれたのだ。

敗戦直後は、少なくとも一九四七年頃までは、戦中に到達した〈荒地〉の理念を展開しても充分伝わりうると考えていたのではないだろうか。四七年とは「荒地」を刊行、「死んだ男」や「アメリカ」を書き、批評では「囲繞地——現代詩について」、「暗い構図」を書いた年だ。この年書かれた「「アメリカ」覚書」や「一つの世界」を含めた〈荒地〉理念の原理的な提示は、伝わることを楽観していたからこそと感じさせる。しかし、その過剰さは反発を招いた。しかも四〇年代は同人が問題意識をまだ共有し続け、グループとして発言していたから、内輪の議論だと外からの反発や批判を多く受けた。鮎川はそれに応答しながら反論し、啓蒙的批評を書き、詩においても旺盛に戦後批判を展開する。「繋船ホテルの朝の歌」(『詩学』一九四九年十月)、「競馬場にて」(『荒地詩集一九五三年版』)、「病院船日誌」詩群(「遥かなるブイ」以下六篇、一九五三年発行の『詩と詩論』第一冊に掲載、荒地出版社)などの作品群は当時の状況の中で戦後批判としての詩として書かれ、多くの論者に論じられてきた。

中でも「繋船ホテルの朝の歌」は、早くから吉本隆明や瀬尾育生らによる詳細な読解があるが、私はこの作品に登場する「おれ」(両大戦間に生まれ、かつては恋や革命を夢見た存在)と「おまえ」(おそらくは〈戦後〉の喩)がどこにも行けなく、安ホテルの窓から「明けがたの街にむかって唾をはいた」苦い情景を、鮎川の戦後への幻滅として受け取る。「おれ」は、「背負い袋のようにおまえをひっかついで」、ともに青い海に出発することを考えていた。「おれ」は次のように自問する。

おれたちはおれたちの神を
おれたちのベッドのなかで絞め殺してしまったのだろうか
おまえはおれの責任について
おれはおまえの責任について考えている

これまで信じてきた神を殺してしまったことの責任は、「おれ」と「おまえ＝戦後」、どちらにあるのだろうか。この部分は、戦後への違和感の露出だろう。このような苦い戦後を、鮎川は書き続けなければならなかった。

「競馬場にて」の第一行は「どんな国際ニュースよりも／天気予報が気がかりだった日曜日」という詩行で始まる。天気によって変わるレースの行方に思いをはせる競馬場の群衆を描く作品だが、この「国際ニュース」とは、たとえば当時起きていた朝鮮戦争と考えることができるだろう。こうした緊迫した国際情勢と関わりのない、群衆の熱狂、その中にある寂寥が描かれる。それは「繫船ホテルの朝の歌」のような、明快で前を向いた戦後批判ではなく、憂鬱なる戦後批判と言ってもいいものだ。

同じ年に発表された「病院船日誌」の詩群は、鮎川が戦争末期の四四年五月に結核のためスマトラから送還された病院船に材を取った作品群である。北川透が「戦後詩〈他界〉論」（『北川透・現代詩論集成』1)で他界という概念からこれを論じ、それをふまえた田口麻奈のこの作品群の、同時代への批評意識を読み取る詳細な論考がある（「鮎川信夫〈病院船日誌〉論——国家と原罪」、「昭和文学研究」六十九号、二〇一四）。私は前述したように、鮎川の〈戦後〉は病院船で内地に送還される時から始まっているととらえ、病院船体験を選んだことじたいが彼の考える〈戦争〉と〈戦後〉を提示することであり、過去を否定し繁栄に向かう戦後社会を批判することであると考えている。それがもっともよく出ている「神の兵士」では、兵士が復活する状況と、一人の兵士の具体的な死を対比する。彼は神（戦争期の天皇と直接的に解してもいいし、もう少し広く戦争期の全体と考えてもよい）からの報酬を拒絶し、戦争を呪いながら死んでいく。その悲惨さと、兵士という存在が容易に復活してしまう状況、つまり戦後のあり方を対比し、批判する。さらに「港外」では、第二次大戦後に続く新たな戦争を想起させさえする。

ぼくらはすでにこの歴史の内では死んだ者
夜あけのくる船窓の下の
木の吊床に横たわる者
いまうなる弾丸を
生身で受けとめているのは兵士ではない
血と泥と鉄のしぶきをはねあげて

黒い神を防衛しているのは
ぼくらではない

一九五三年という時期は、スターリンは死去するが冷戦はグローバル化し、核戦争の脅威は現実的なものとしてあった。その状況の中で、第二次大戦の兵士の闘いとは異なる戦争があり、しかしその新たなる戦争がかつての兵士と隣接してあることをこの詩は想起させているのだと思う。しかし、戦後十年がたとうとする中で、兵士の死や戦後の沈黙、戦争の終焉を提示することは、鮎川にとっては戦後批判であったが、読者はその批判を充分受け止めただろうか。

鮎川の詩における戦後批判は、「病院船日誌」詩群のような戦争体験への固執と思われてしまうような反芻と「競馬場にて」のような憂鬱なトーンが出現するようになっていく。それは晩年まで続いた。

2　沈黙の由来

実は、鮎川は年刊詩集の最後になった『荒地詩集一九五八年版』に詩を発表した後、六三年まで新作をほとんど書いていない。この長い沈黙は何を意味するのだろうか。鮎川は「詩的自伝として」の中で「この時期は不作である」と認め、安保反対闘争に関わらなかったこと、『荒地詩集』の休刊、父の死など個人的事情（今ならここに最所フミとの結婚と新しい生活をあげてもいいかもしれない）の三点がその理由だと書いている。

戦後をめぐる問題は、一九六〇年の日米安全保障条約締結をめぐる議論に接続していく。しかし、日本社会の中で大きな拡がりをもった安保反対闘争に鮎川は沈黙を通した。安保闘争の翌年の一九六一年に「政治嫌いの政治的感想」（「政治公論」四十一号、一九六一年二月）を発表し、「私は、安保反対運動には参加しなかった。その理由を言わせてもらえば、反対運動に反対だったからにすぎない。安保反対運動を支える理論的根拠も現実的根拠もすこぶる薄弱なものにみえた」と書く。冷戦下の国際社会で日本が国家として存続するためには、日米同盟が現実的選択だというのが鮎川の論旨だった。反対運動を推進した戦後左翼や当時の大衆について、現実が見えていない、未熟な理想を掲げているだけだという批判を彼は持っていた。この批判じたい、鮎川のモチーフ、〈冷戦としての戦後〉の不可視化への批判からくるものであったと言える。しかし、鮎川の戦後批判はもう少し根深いようだ。

後に彼は、「ここ数年、私は積極的にものを書きたいという気持ちを持たなかった」と書く（「歴史におけるイロニー」、「現代の眼」一九六八年六月）。その理由は、「自分の体験というものが、ある一線を越えては伝わらない」という前提があるとする。しかも戦争体験者の中でも伝わるとはかぎらず、「戦前派、第一次、第二次戦後派にとっては、戦争体験は交換可能なものにしかみえないのに対して、戦中派と呼ばれる私たちはそれをとりかえのきかないものと感じている」と世代間でも伝わりえないと考えるのである。そう考えるのは、「本質的なものを見た」からであり、「世代を越えた表現に失敗するなら、小状況の虜のままで終り、私たちが見たと主張する「本質的なもの」はついに埋没されてしまうであろう」と考えるのである。

この述懐を読む時、戦争の「本質的なもの」を書いたものとして『戦中手記』や戦後の詩のいくつかを彼は考えていただろうが、はたしてそれらが伝わりえたと感じていただろうか、と考えてしまう。「世代の表現」ということで言っても、戦前の「荒地」の仲間は亡くなるか表現を止め、戦後の「荒地」同人もこの時点では戦列から離れてしまったと彼は考えていたから、鮎川は孤独であった。この時点で、戦争体験を思想化したと彼が考えていた同世代は内村剛介、橋川文三など例外的にいたが、詩人ではない。吉本隆明は戦場を直接体験しておらず、世代を異にする。石原吉郎の戦争体験を認めていたが、ソ連でのラーゲリ体験という文脈が異なるものである。つまり、「本質的なもの」を戦後において表す〈荒地〉のような理念も見出せなかったし〈アメリカ〉はそうならなかった)、自分以外の詩で、戦前における「勾配」のように戦後における「本質的なもの」を感じさせる同世代の詩も発見できないというのが彼の認識だったろう。それゆえ、この後に続く一九七〇年代は、憂鬱なる戦後批判と、かつて感じた「本質的なもの」をさらに掘り起こす作業(「詩的青春の遺したもの」、『厭世』など)が持続されることになったのではないか。

一方、六〇年代以後も、『詩の見方』(思潮社、一九六六)、『日本の抒情詩』(思潮社、一九六八)など、現代詩への入門書、啓蒙書を書き続けた。鮎川の書く啓蒙書が提示する「意味の復権」、

「歌う詩から考える詩へ」といった分かりやすいスローガンは、現代詩を一般に拡げる役割を果たしたと言えるだろう。また、「現代詩を技術的観点から眺めますと、隠喩の価値の再発見ということと、それへの専念ということが、かなり大きな特徴となっている」(『現代詩作法』)という隠喩の重視と具体的分析は、詩の読解に大きな貢献をしている。特に「荒地」の詩こそ、隠喩によって書かれた詩だったから、「荒地」の詩を理解するのに役立ったのは間違いない。

しかし、六〇年代の詩界では、天沢退二郎、鈴木志郎康、吉増剛造らの六〇年代詩が出現し、彼らは隠喩という方法では詩を書いていなかったから、詩の先端の部分とは鮎川の方法は離れてしまっていたことは否めない。先端から距離を持って書いたことが、かえって詩の裾野を拡げることに貢献したと言うべきだろうか。

現代詩は、その後も言葉と意味の関係を、隠喩という形はとらず、もっと解体した、もっと自由なあり方を追求していった。八〇年代になって吉本隆明が喩の概念を拡張して、作品全体が何かの喩になっている「全体的な喩」という概念でそうした新しい詩のあり方をとらえようとした(「若い現代詩」、『増補・戦後詩史論』大和書房、一九八三)が、変化する詩のあり方を、戦後の詩のパラダイムで理解しようとする最後の試みだったと言ってもいいだろう。しかし、鮎川自身は、技法を越えた「意味」を、「本質的なもの」として探し続けていたのではないか。しかしそれは〈荒地〉の理念のような形では発見できなかった。

六〇年代には、社会状況を論じた『一人のオフィス』はベトナム戦争や学生運動など、六〇年代に関する鮎川の論評が読める数少ないものの一つだが、市井の観察者として社会を論じた形をとっていても、〈冷戦としての戦後〉を問う姿勢や自由と個人主義を主張する論調は後の八〇年代の時評につながるものである。鮎川の立った場所は、戦争体験を軸として日本の戦後を否認する位置だったろうと思う。それは戦後批判としての有効性は持ったが、日本の深部でおきていることへの対応が充分できたとは言えなかったと私は考えている。

再び詩を多く発表するのは六八年からだが、この間『鮎川信夫詩論集』（思潮社）を六四年、『戦中手記』を六五年に刊行し、『鮎川信夫全詩集』（荒地出版社）を六八年に発表している。鮎川の六〇年代は、新しい問題圏に入るというよりは、極端にいえば、戦後の仕事のまとめと啓蒙に当てられたと言ってよいだろう。だが、詩と批評の全貌が見えたことで、彼の仕事は問い直され、また戦前戦中作品は一般に入手しにくかったゆえ、戦前の仕事の刊行は、鮎川に新たな文脈を与えることになった。

六〇年代は高度成長と新しい大衆社会状況の出現によって、文化の大きな転換がおこった。詩ではいわゆる六〇年代詩という新しい書き手による作品群が隆盛となった。それに詳しくふれる余裕はないが、それらは鮎川の打ち出した詩の「意味」や「倫理」を無化しようとする方向を持っていたはずだ。時代は〈一つの中心〉や〈本質的なもの〉ではとらえきれない、多層的な方向に進んでいく。

六〇年代から七〇年代にかけて、鮎川の仕事は総合化され、詩の〈中心〉となっていったが、肝心の鮎川は停滞したと言わざるをえない。

3 宿恋行

〈荒地〉の理念も戦後批判も充分に受けとめられないと考えたことは、その後の作品が内に向かう原因の一つになったと思われる。七〇年代の作品は詩集『宿恋行』（思潮社、一九七八）にまとめられるが、〈私〉や記憶を問う作品がきわめて多い。『宿恋行』は生前、最後に出された単行詩集である。七〇年代に鮎川は自伝的な『厭世』（一九七三）を書き上げ、回想的な長編エッセイ「詩的青春の遺したもの」を書く（「現代詩手帖」一九七四年二月〜九月、中断）。いずれも「私」をめぐる探求であり、『宿恋行』も「私」を問う作品が多い。

詩集の扉に「一九七三―一九七八」と書かれているが、それは鮎川の五十三歳から五十八歳にあたり、ほぼ五十代の作品を発表順に集めたことになる。タイトルの「宿恋行」とは、扉裏の序詩となった作品のタイトルで、詩集中でも一番早く書かれている。「宿恋」とは、おそらくここでは、「宿酔」や「宿命」という言葉を思い出せばイメージできるような、以前からある深い思い、というほどの意味だろう。

この扉裏の作品「宿恋行」は、何処からか自分を呼ぶ声が聞こえてくるのだがその正体は分からない、その声を求めて「さまよい疲れて歩いた道の幾千里／五十年の記憶は闇また闇」という二行で終わる、八行の短詩だ。この正体が分からない呼び声を「恋」という言葉で表したのだろうか。つまり、生涯にわたって呼ぶ声、それに応答することが「宿恋」になるのだろうか。とすると、この詩が全体の序になるとすれば、この声とともにあった生涯が詩集を覆う印象を与える。
引用の「五十年の記憶」は、当時の鮎川の年齢に対応している。この詩集は、有名となった「Who I Am」や「消息」など、〈私〉を問う作品が多いが、今読むと五十年の時間が重く迫ってきたようにさえ感じる。それは、停滞にも疲れにもなる。全体の印象は明るくはない。「地平線が消えた」、「消息」、「私信」、「Who I Am」、「必敗者」など、力作であるが結局は「何処にも行かない」ことを宣言したような作品が多い。最後に置かれた作品「跳躍へのレッスン」のように、「行かない」ことから身をひきはがし、「あそこまでは跳べる」と進むことを決意するような作品もあるのだが。それは以下のようなものだ。

ぼくは行かない
何処にも

地上には
ぼくを破滅させるものがなくなった
行くところもなければ帰るところもない

戦争もなければ故郷もない
いのちを機械に売りとばして
男の世界は終った

冒頭の詩「地平線が消えた」である。第一章で検討したように、鮎川にとって地平線、つまり世界の構造はきわめて重要だった。「破滅させるもの」がなくなった後の、世界の軸を喪失した心情が書かれているが、「破滅させるもの」とは、もちろん戦争の喩だろう。しかし、ここでの戦争とは実際に肉体によって戦われたもので、次の「いのちを機械に売りとばして」というのは、機械化された現代生活、それを成立させている冷戦を示しているのではないだろうか。

あってなきがごとく
なくてあるがごとく
欄外の人生を生きてきたのだ
地べたを這いずる共生共苦の道も
やがては喪心の天に至る

忘れられた種子のように
かれは実体のない都市の雲の中に住む

コカコーラの汗をうかべ
スモッグの咳をし
水銀のナミダをたらして
四十七階の痛む背骨が揺れている
（「地平線が消えた」）

この最終部分まで読んでいくと、この「ぼく」も「かれ」も戦争を通過した鮎川の実体験が色濃く反映されているのがわかる。そして虚妄の戦後の都市において、あくまで「何処にも行かない」と自分の場所にこだわることを宣言し、「コカコーラの汗をうかべ……」とその場所から現在を批判するのである。

四十七階とは、新宿西口高層ビル群のうち最初に建った京王プラザホテルの階数である。このビル一つだけが先に立ち、繁栄の象徴だった。新宿は、戦前に鮎川が青春をすごし、「荒地」を萌芽させた街だ。そこに建った高層ビルの風景こそ、戦後を語りうるものだろう。水銀、スモッグとは当時深刻だった公害の元凶であり、現実批判としては七〇年代当時では現実的な表現だった。

〈世界〉を問うことを重要だと考えてきた鮎川は、先に検討したように多くの詩で座標軸としての地平線や地面、水平線（水面）にもこだわってきた。だから、地平線が消えた世界とは、彼にとっては不可解な、喪失感を伴った世界であったはずだ。しかし、「行かない／何処にも」と書くばかりで、戦争期の絶望の中にあって森川の「勾配」に新たな世界を見たように、なぜここで〈地平線が消えた〉時代の世界像を探ろうとしなかったのだろうか。

時代は学生運動が終焉した「シラケの時代」だった。米ソ冷戦体制は「共存」という形で固着し、経済はオイル・ショックを経てグローバル資本主義へ向かう動きを見せつつあった。それはこの詩にある公害や高層ビルとして社会に露出していた。そんな変化にかまわず「何処にも行かない」と書くのは、諦念というよりは、現実への否認を表すものと考えられる。

「欄外の人生」とは、自己韜晦と言ってもよい表現である。少なくとも敗戦直後の鮎川と対比し、こうした言葉を詩人の諦念ととらえ、鮎川が急逝した時、このことに言及して追悼した筆者は多かった。たしかに敗戦後は、「死んだ男」に代表されるような、「遺言執行人」といった新たな世界認識を提示する詩を書いていたし、世界との違和はあっても諦念のような印象は表面に出ていなかった。

しかし、「欄外の人生」の背後には「地べたを這いずる共生共苦の道」があったことが記されている。欄外であるのは、人生に「ぼくを破滅させるものがなくなった」からである。つまり、現実世界への激しい否認ないし拒絶がここにはあるだろう。

「厭世」や「欄外の人生」という言い方は、戦争体験者の諦念のようにも見えるが、そこには、わび・さびの諦観とは異なる強靱な否認の力があったと私は考える。

4 〈私〉の問い直し

そうした閉塞がよく表れているものとして、「必敗者」、「Who I Am」を見てみよう。「必敗者」はアメリカの挫折した詩人・小説家デルモア・シュワルツが描く詩人コーネリアスの姿を借りて、現実に敗れていく者の姿を書いている。シュワルツもコーネリアスも鮎川の〈私〉の影である。

シュワルツは日本では有名ではないが、ルー・リードの師であったと書けば、今ならイメージがわくだろうか。シュワルツが大学の創作科で教えていた時、ルー・リードは学生だった。シュワルツは第一作で激賞され、時代の寵児となったあと、徐々に評価を失っていき、孤独な生活を送っていたようだ。ルー・リードは歴史的なデビュー・アルバム『ヴェルヴェット・アンダーグラウンド&ニコ』(一九六七)の「ヨーロピアン・サン」をシュワルツに捧げている。また青春時代を回想した曲「マイ・ハウス」(『ブルー・マスク』一九八二)で「最初に出会った偉大な人間だった」と追想する。周知のように、ルー・リードはアンディ・ウォーホールに激賞され、アメリカ現代アートの中心に関わり続けた音楽家である。シュワルツは、ルーマニア・ユダヤ系移民の子で、ルー・リードにヨーロッパの一世代前の文化を継承した。鮎川はエリオット論でシュワルツに言及している。坪内祐三の『変死するアメリカ作家たち』(白水社、二〇〇七)では、第一章をシュワルツにあて、丁寧に彼がアメリカ知識人の世界の中でどのように評価されていたかを追っている。それによると、シュワルツはヨーロッパのモダニズムの伝統をひきつぎ、ヨーロッパ的伝統をふまえた文学世界を展開することをアメリカ文学界から期待されていたようだ。鮎川も詩の中で「アメリカのオーデンといわれた」と書いているが、その期待が彼をおしつぶしたのかもしれない。

鮎川の詩「必敗者」では、シュワルツが描くコーネリアスは詩人であることによって冷笑される。それを描いたシュワルツもニューヨークの安ホテルで孤独死したことが記される。だが、日本の現在では「制度の春を病むこともなく　不確定性の時代を生きて」、「自殺もせず　狂気にも陥らずに」生きる者として、詩人があることが描かれる。社会の敗北者＝詩人というロマン主義的な詩人像は、一九七〇年代の日本では、自殺の誘惑も狂気もくぐり抜け、生き続けるしかない者だとされる。鮎川自身と戦後社会の関係を「必敗」と考えていたことがこうした詩行を生んだのかもしれないが、ある閉塞を感じる。その通りであるがゆえに、新しい展開が見えないからだ。

「必敗者」的あり方を書くとしても、「Who I Am」(「現代詩手帖」一九七七年一月)の方がユーモアと挑発があるだけ、閉塞感は無い。

世上がたりに打明ければ
一緒に寝た女の数は
記憶にあるものだけで百六十人
千人斬りとか五千人枕とかにくらべたら
ものの数ではないかもしれないが
一体一体に入魂の秘術をつくしてきたのだ

有難いことにどんな女にもむだがなかったから
愛を求めてさまよい
幻の女からはどんどん遠ざかってしまった

はじめから一人にしておけばよかったのかもしれない
悲しい父性よ
おまえは誰にも似ていない

（「Who I Am」最終部）

この作品は自分自身の身長・体重から年収、性体験まで具体的に書き、既成の鮎川像を揺るがせ大きな反響を呼んだ。

この百六十という数字の「女」について、牟礼慶子は生涯に書いた詩のことではないか、と解釈している（『路上のたましい』）。私は鮎川の私生活に作品上以外の興味はないし、百六十という数字が多いか少ないのかも分からない。牟礼は、鮎川が戦前から書いた詩がこの時ほぼ百六十篇であることを根拠としているが、いささか文学的な解釈だと思っていた。しかし、この後に刊行された『鮎川信夫全詩集』（思潮社、一九八〇）のあとがきを読んだ時、私も詩について書いているのではないかと思うようになった。「女」について重要なことは、ここではむしろ「幻の女」、「はじめから一人にしておけばよかった」と書いていることである。これは、『全詩集』で自分の詩の全貌を述懐する言葉と符合する。

一篇の詩の成立ちを、放棄とか、中断というような形で考えるのは、昔からの私のクセだが、たぶん、これは若い頃に読んだヴァレリーの影響によるものであろう。だが、はじめから到達しえないことがわかっている芸術的な〈完璧性〉など、もともと私とは関係ないのだから、〈放棄〉というような上からの観念で自作の成立を説明したりするのは、少しばかり気どりすぎているかもしれない。

これを「Who I Am」にあてはめると、詩を百六十篇書いてきたが、それは一人の究極の「幻の女」、つまり「完璧な」作品への過程であったのかもしれない、と書いているようにも思えるのだ（「幻の女」は西脇の「幻影の女」を思い出させる）。

自分の詩を子どもや女性にたとえるのは鮎川のよくやることで、この「あとがき」の別の部分でも詩を「子ども」と呼び、詩を書くことは子どもをつくるようなものだから、女性的な本能が必要であるとも書いている。それは「悲しい父性よ」という行と照応する。

おそらく自分の詩全体を回顧する機会に、詩を書き続けた生涯を思い、それを「Who I Am」として提示したのではないだろうか。鮎川は几帳面なところがあって、公開された日記にも読んだ本の一覧が書かれているが、私が調べたかぎりの晩年の日記にも、書いた詩のリストが載っていた。つまり、書いた詩の数は把握していたのだろう。詩を「女」として書くことで、倫理的にとらえられてきた自分のイメージをあえてこわし、新しい自分の像を出したいと思ったのではないだろう。ここに私は読者、そして詩界への挑発を読む。

これまで鮎川の詩を〈構築〉という視点から考えてきたが、七〇年代後半からそこに少しの変化が起きていることを私は感じている。「Who I Am」に見られるような、これまでの鮎川の書かれた〈私〉を覆し、生な〈私〉を露出させることを試すような志向だ。このことは鮎川の表現が、生な〈私〉をも書いていくという新しい段階に入ろうとしていたことを示しているのだと思う。

鮎川は戦後社会を否認した。復興から高度成長に向かう日本資本主義の繁栄は虚妄と考えていたはずだ。戦後を否認する力は、外に向かうだけでなく、内にも向かった。それは放棄という形になった。戦後を否認する力が内に向かった時、自己放棄に至ったのではないか。もちろん、〈否認〉は〈荒地〉の理念から現在を否認するだけの単層ではない。ルサンチマン的な層、反生命的な、死へと誘惑される層などがあった。しかし、それらの核心にあったのは、自己を放棄し、日本の戦後を否認しようとする志向だったのではないだろうか。

『宿恋行』周辺について比較的長く書かれたものでは「無の光芒放つ後期の詩」（飯島耕一、『鮎川信夫全集』第五巻解説、一九九四）や「放棄の構造」（北川透、『荒地論』一九八三）があった。飯島は、鮎川詩の中の「寂しい」という言葉に注目しているが、〈否定〉の層の表層の部分ではないだろうか。北川は放棄を戦争体験との関わりでとらえ、「放棄とはそれ自体後退的な心性だが、鮎川の場合、それが同時に世界に対する悪意であり、拒否であり、そして自由でもあるような場所に成立するのは、自己放棄が自己救済でもある回路をたちきっているからであろう」と放棄をとらえ、そして「世界の同調を拒む自己意識や、絶えざる反芻に引きこむ戦争体験が、彼に放棄を強いているのだ」と戦争体験との関わりを論じている。

放棄に戦争体験が関わっているのは確かだとしても、この放棄の強靱さが、やがて彼の詩の断念につながり、死期を早めたように思う。私は、戦後の〈否認〉は、これまで検討したような「N・Tの滅亡」という認識を持って戦争期をすごしたことと並行関係にあると考えている。戦争期の現実を否認したように、戦後の日本を否認しようとしたのではないか。

鮎川は敗戦直後に「『荒地』の蘇生」を書いたが、それは戦前の〈荒地〉の理念が生きる、復興する日本社会と民衆の行方に期待することがあったからだろう。しかし復興から繁栄への道も、戦後民主主義の思潮も、鮎川にとっては、この時までにすべて否定されるべきものとなっていた。だから、戦争期の「N・Tの滅亡」という世界認識がおそらく誰にも理解されなかったように、戦後の全否定の世界認識は誰とも共有できないと考えたに違いない。

だが七〇年代末に至り、鮎川は否認と構築という方法に限界を感じたのではないだろうか。それは〈私〉のゆらぎに表れていると私は考えている。しかし、鮎川自身、どの方向に歩むかはまだ決めかねていたのだと思う。この〈私〉の問題をさらに考えていかなければならない。

第九章 〈単独者〉の位相

1 「F」という存在

鮎川信夫がこれまでどの著作にも書いてこなかった記号、それが「F」だ。「F」はフミの頭文字、鮎川信夫の妻だった最所フミは、彼の日記だけに「F」と記され登場する。鮎川が結婚し、共同生活を送っている夫人がいることは、ごく少数の縁者をのぞいて生前は誰も知らなかった。鮎川は私生活を語ることはほとんどなかった。彼の、私生活と文学を分ける姿勢から、彼の私生活を誰も詳しくは知らなかったが、関心の対象とすることも無かった。普通の読者であろうと、近しい文学関係者であろうと、漠然と単独者のイメージを抱いたままだった。それは、物語的なエッセイを集めた『厭世』に書かれているような、深夜一人で車を運転するイメージ、コラム集『一人のオフィス——単独者の思想』というタイトルが示すような、一人の居室で書き続けるイメージだったのではないだろうか。成田昭男が鮎川に正面きってなぜ独身なのかときいた時、鮎川は「たとえ独身でなくても自分は独身なんだという意識でいないと物書きはつとまらないという考えがあります」と答えている（「毒草」二号、一九七九）。「荒地」以来の友で、晩年も親しく交流していた北村太郎でさえ、「火葬場でみんなで待っているとき、最所さんがいて、何で彼女がいるんだろうと思っているうちに、あっと気がついたんだよ」と記していた（『センチメンタルジャーニー』草思社、一九九三）。

文学作品を作者と切り離して読むことは、現代では、作品に向かう基本的な態度だろう。鮎川が結婚しようがしてまいが、鮎川の詩の評価は変わらない。だがここに微妙な問題もありうる。たとえば、大江健三郎に長男・光は存在せず、一連の小説の子どもとの関わりのモチーフがすべてフィクションであったとしたらどうだろう。作品の自律性を前提とする研究や批評の立場を攪乱するかのように、〈作者〉はその位相を自由に変えるのだ。

もちろん鮎川の作品世界も、戦争体験、「荒地」の仲間との交流など、彼の生が重要な関わりを持っている。そして女性に関わるモチーフも「繫船ホテルの朝の歌」、虚構の「姉」など、実は重要な位置をしめているのだ。しかし、これまで見てきたように、鮎川の創造した人格、「M」（森川）も「姉さん」も、そして「鮎川信夫」さえも、構築されたものとして考える必要がある。

だが、その構築も、単なる筆名でなく、私生活を含めた別の人格をつくるとなると、質的に違ってくるだろう。鮎川は短期間だが一度結婚し、また佐藤木実との共同生活を送っていた時期もある。最所フミとの生活も、多様な結婚の形の一つではあるだろう。しかし、鮎川信夫の〈構築〉も、一九五八年に結婚して以降は、生活を含めた虚構を生きたことになる。それは鮎川の文学にどのような影響を与えたのだろうか。

ここで最所フミの略歴を簡単に紹介しておこう。二〇〇四年刊の『日英語表現辞典』（ちくま学芸文庫）を参照すれば、一九〇八年大阪に生まれ、津田英学塾、ミシガン大学大学院を卒業。一九三四年から敗戦の一九四五年までNHK国際局にて英文のニュースおよび解説原稿作成の仕事を行なう。戦後は外務省嘱託などを経て、四七年から七〇年まで日本リーダーズ・ダイジェスト社勤務、「リーダーズ・ダイジェスト」の編集にたずさわる。彼女がもっとも力を入れた仕事のひとつに四八年から七四年まで続いた、「JAPAN TIMES」の週一回の映画批評コラムの仕事があった。

英語学者としても数々の著作を刊行し、『日本語にならない英語』（一九六九）、『英語にならない日本語』（一九七二）、『英語と日本語』（一九七五）、『英語類義語活用辞典』（一九七九、ちくま学芸文庫版・二〇〇三）、『アメリカ英語を読む辞典』（一九八六）など（発行はいずれも研究社）がある。『日本語にならない英語』、『英語にならない日本語』は、私が大学生だった一九七〇年代には名著の誉れ高く、私も読み、英語の前にまず日本語という、当時はまだあまり無かった姿勢が印象的だった（『日英語表現辞典』はこの両者を合体、増補したもの）。鮎川信夫との戸籍上の結婚は、『路上のたましい』によれば、一九五八年五月六日。当時大岡山にあった彼女の家で生活をともにしたようだ。そして亡くなったのは一九九〇年、鮎川が亡くなってから四年後である。

鮎川は少年時代から亡くなるその日まで、形を変えても日記を書き続けてきた。すでに公開されている一九三八、三九、四一年（十七―二十歳）の日記（『鮎川信夫全集』第七巻）では、詩人たちとの交流、読んだ本や見た映画の感想をつづり、日々の思索を書いている。時に長く内的な対話を書いた日記は、文学ノートと言っていいほど、鮎川の表現の原型が入っている。この年齢にしては醒めた視線で、太平洋戦争開戦直前の世情と自己の現実をみつめているのだ。これは鮎川だけの特徴というより、同世代の『黒田三郎日記』などにも共通する。死が間近かに迫ったとき、急速に成熟する事態が青年の精神におこったというべきだろうか。

戦後、ジャーナリズムで活躍するようになって以後は、おそらく日記は相対的に鮎川の書くものの中で周縁にまわっただろうが（そして公開されることも覚悟していただろうが）、多くの未生の詩人や作家のように、それまでは、誰に向けて書かれたわけでもない日記も、書くことの主要な舞台だったろう。

晩年の鮎川が使用していたのは、研究社が作成・販売していた「英文日記」と題された日記帳である。四六変形版で、布装の半上製、一ページに二日分入り、一日は十三行。その空間に、ほとんど毎日万年筆横書きで丹念に書いていた。

『英文日記』は英語で日記を書くことを想定してつくられており、巻末付録に、季節の言葉や行事を表す英文や時事英語の表がついている。研究社に問い合わせたところ、戦前から販売され、戦後の中断をはさんで一九九四年まで販売されたという。かつて出版社は、それぞれ特徴ある日記帳を刊行していた。博文館が出していた「博文館日記」や主婦の友社の家計簿として普及した「主婦日記」が有名であるが、出版社が人々の「書く」行為に深く関わるような文化があったのだ。余談になるが、高度成長期の「能率日記」から現在のブログやフェイスブックの隆盛まで考えると、日記は日本人にとって、きわめて重要なメディアなのではないだろうか。

この日記帳の形に制約され、晩年の日記の記述の量は制約された。それはせいぜい三百字程度だったため思索的記述は影をひそめ、日録、記録的なものにならざるをえなかったようだ。内容は時事的、日常的な、いわば「外側」のものが多い。読んだ本、見た映画のメモ。社会的事件、プロ野球や相撲の勝敗。原稿の進捗。日常接した編集者や友人との交流……。「現代詩手帖」二〇一〇年四月号の鮎川特集に掲載した日記はこれらの一部である。晩年は日記は表現の場所というよりは、毎日の動きを記録し、確認するための定位点のようになっていたが、内面を記した予想外の言葉もある。私はご遺族のご好意により、七九年から八六年（八四、八五年をのぞく）までの日記を見ることができた。

「F」のことを書くのはいささか気が重い。日記を読み、いつかは書かなければ、と思ってはいたのだが、筆が進まない。いったい鮎川が厳重に秘匿した「F」について外側からどれだけのことが「分かる」というのか。第一、鮎川と交流があった筆者にとっては、「そんなことは君ねえ、たいしたことないんだよ」と口元をにっとあげて笑う鮎川が眼に浮かぶようではある……。

2　英語学者・最所フミ

最所フミが英語に関してどのような考えを持っていたか、次の短い文章が伝えている。

英語の思考法は日本語の思考法とはまったく別のプロセスを経て機能する。それを会得するには、まず日本語とどう違うかをはっきり認識してかかるのが、実はもっとも近道なのである。しかしこのためには、かなり高度の日本語の知識を必要とする。（中略）自国語こそどんな人からもとりあげることができない個人の財産であり、コミュニケーションの利器である。なぜならそれは万国共通の価値判断の思考能力を、一貫した言語体系として自分の中に持っていることだからである。この思考能力をテコにして英語を自国語の水準にまで引き上げることは、やりかたによってはさほどむつかしいことではない。

（『日英語表現辞典』まえがき）

英語と日本語とでは思考法がまったく異なる、つまり、言語は道具以上の思考の本質的領域に関わっていると考える。そして異なる言語の思考法を獲得するためには、自国語（母語）との比較の上で身につければよいとする。この考え方自体は、現在のこの分野の名著と言われている『日本人の英語』（M・ピーターセン、岩波新書。七十万部のロングセラーになっている）まで続く定石的なものではある。しかし、英語礼賛の戦後の思潮の中で、まず日本語を、というのは新鮮な主張だった。そして「自国語」を、「とりあげることができない個人の財産」とまで書く部分に、戦争を通過した世代の、様々なものを「とりあげ」られてきた痛切な実感を感じる。そして「英語を自国語の水準にまで引き上げることは、やりかたによってはさほどむつかしいことではない」との主張に、個人の意思によって戦前から英語一筋で自らの人生を切り開いてきた彼女の矜持を受け取る。つまり、英語に向き合う時、英語を使う主体と自国語（日本語）の深化をまず考えることが彼女の一貫した主張だった。

『日英語表現辞典』では、Aの項目は、冒頭が「add up」で次は「admit」になっている。そこで最所フミは「日本語の「認める」は英語のadmitと機械的に考え」てはいけないと力説する。なぜなら、否定形「認めない」を英語に訳す場合、「admit」を使うと、日本語の「許可しない」という意味ではなく、「既成事実を受け入れない」という意味になってしまうという。日本語の「認める」と英語の「admit」の用法の違いを論じながら、こう続ける。

このような間違いは、もちろん辞書の訳を丸暗記しているところからくる。辞書の訳は、科学用語を除けばapproximationsにすぎないから、そのままうのみにしたのでは英語を覚えたことにはならない。うっかり錯覚すると上記のようなとんでもない過ちを犯すことになる。言葉は単に意味でもなく、音でもなく、また単にimageでもない。それらの全部を含む一つの生きものであるから、生きた感覚を知らないと、使うことができない。

書かれた英語を読解することが中心で、生きた言葉に直接触れる機会の少なかった時代に、言葉を「生きた感覚」から考えようとした者の発言だろう。それは当時において大きなインパクトがあり、彼女の『英語にならない日本語』などの著書が、ロングセラーになったのは理解できる。英語学の現在の成果から考えて、彼女の主張がどのような位置づけになるのか判断する資格を私は持たない。ただ、そのこととは別に一つ指摘しておきたいのは、引用した短い部分にも表れているように、「生きた感覚」を重要視するにもかかわらず、彼女の文体がいささか理性的すぎないだろうか、ということである。

もちろん、彼女はたぶん英語でものを考えていたのだろうから、文体も違ってくることはあるだろう。しかし、彼女が情動より理性を重視するのは文体ばかりではない。和英・英和で構成されているこの『日英語表現辞典』には、英語と日本語の翻訳されにくい境域を取り扱っているのに、「愛」の項目も「love」の項目もないのだ。英語と日本語の境域を、できるだけ論理的に明解に比較し、読み解こうとするという態度がこの本を貫いている。仕事の中にある明解さ、その「理」中心主義に、倫理のようなものさえ私は感じるのだ。英語を扱う自分の職業に、できるかぎり公正に、合理的でありたいという態度。

ここまで書いてきてそれが最所フミだけのあり方ではないと気づく。彼女は一九〇八（明治四十一）年生まれだが、その前年一九〇七年生まれには、翻訳家・児童文学者の石井桃子がいる。

職業人として生き、一〇一歳で亡くなる直前まで翻訳に手を入れていた。しかし、彼女がいかに自由に生き、豊かなエロスを持っていたかということは、自伝やフィクションの形で明らかにされている。

同じ一九〇八年生まれには女優の沢村貞子、一九〇九年生まれには田中絹代、杉村春子、そして、美容を産業化した山野愛子、映画ファンという視点から映画を論じ続けた小森和子らがいる。彼女たちはいずれもひたすら職業の中で自分の人生を切り開き続け、その仕事がつくる新しい価値を日本社会の中で認めさせたパイオニアだ。

これは偶然ではない、と私は考える。第一次大戦後（一九一八年終戦）の大衆社会の出現を若い時に体験し、天職にめざめ、次の戦争をのりこえていった生涯。海外に眼を広げればキャサリン・ヘップバーン（一九〇七）、シモーヌ・ド・ボーヴォワール（一九〇八）らがいる。大げさにいえば世界史的な変容が、近代都市生活の中で女性の新しい生き方を出現させた世代。その中に最所フミもいたのだろう。

最所フミは努力の人だったようだ。『路上のたましい』によれば、眠くならないようにと立ったまま仕事ができる机を特注し、仕事に打ち込んだという。そして、「ある翻訳家との共訳による『白い塔』（J・R・アルマン著）の印税で得た土地に、個人用の洋室を二つ備えた小さな家を自分で設計して建てたと話された。自分が自分自身として暮らすために、その拠点である個室を確保しているのは、家族の住む「家」ではなく、個人の生きる生活空間を先ず優先するという、基本的な考え方によったものと思われる」と、その努力は生き方の中に貫かれていたと書かれている。

3 加島祥造と最所フミ

この記述に関わる「ある翻訳家」、加島祥造の回想を引く。

私は海外ニュースの旬刊雑誌編集部にいて「「雄鶏通信」のこと。編集長は春山行夫」依頼原稿のことから彼女と会ったのがはじめである。（中略）当時の東京人の多くと同様に、彼女も私も家のない、不自由な暮らしをしていた。私は思いついて彼女に一冊のアメリカ・ベスト・セラー小説の翻訳権をとってもらい、それを訳し、ある社から二人の名で出版してもらった。かなり売れて、その印税で目黒に小さな土地を購った。彼女が会社から借金もして小さな家をつくり、共に住んだ。

（『英語類義語活用辞典』ちくま文庫版解説）

このちくま文庫学芸版『英語類義語活用辞典』と『日英語表現辞典』は、解説を加島祥造が書いていて、それは最所フミ論であるとともに、加島と最所フミの関わりを記述したものとなっている。加島はエッセイなどで最所との体験を暗示したものは書いているが、具体的に書いたことはこれが初めてだった。牟礼慶子が「ある翻訳家」と、おそらくは配慮した部分を自ら明らかにし、最所フミを英語学者として正当に位置付けるだけでなく、自らとの関わりを歴史に記しておこうとするかのようだ。「私が少しは「英語のできる人間」とみなされているのも、彼女から受けた英語イニシエーションによるのだ」と加島は書き、若き日々の彼女の影響の大きさを記す。

加島の書くところによれば、二人は三年間生活をともにし、加島のシアトル留学のあと、関係は終わりをつげる。最所フミにとって、この一連の出来事は小さくはなかったはずだ。

鮎川の詩に最所フミとの関わりを示唆する作品は今のところ見出せない。結婚には様々な形があるだろう。鮎川の場合、夫婦は互いに仕事をもち、独立した生活をした。しかし鮎川は、母親が独居する家が連絡先となっていたから、「独身者」ととらえられていた。

しかし、最後の一九八六年の日記では、亡くなる十月までにこれを含めて「F」は、六回登場する。これを多いと考えるか少ないと考えるかは、判断は分かれるだろう。日記には、鮎川は最所フミの母の法事に出席し、最所といっしょに確定申告に税務署に行く記述がある。逝去当日の日記の記述は「Fは有楽町西武の永沢まこと展に行き、絵ハガキ二・三枚を買ってくる」と、夫人の記述で終わっている。ここには、鮎川の読者が知らない〈鮎川信夫〉がいる。だがそうした関係を成立させるためには、夫人の最所フミの是認が欠かせなかったはずだ。彼女はどのように鮎川を見ていたか。

牟礼慶子は生前の最所フミに会い、取材している。「鮎川さんは日本語がよくできる人でした」。「鮎川さんは何でも実によく知っていて、私はわからないことにぶつかると、どんなことでもよく教えてもらいました」と、鮎川の思い出を語っていたという。成熟した男女のエピソードではあるが、あまりにも出来すぎた応答のようにも思える。〈単独者・鮎川信夫〉の構築は、夫人だった最所フミの沈黙がなければありえなかっただろう。最所フミは鮎川の死まで沈黙を守った。

この沈黙を、最所フミの「表現」だったと考えるべきかもしれない。とすれば〈単独者・鮎川信夫〉の表現にそれはどう関わるのか。このことは鮎川を考えるために一度ははっきりさせなければならないと考えてきた。私は加島祥造の証言を得ようと思った。

二〇一〇年に加島を訪ね、話をきくことができた。残念ながら詩人は二〇一五年に亡くなられたが、貴重な証言であるため、追悼の意味を込め、校閲を経たインタビューの全文を、ご遺族の許可のもと以下に掲載することにしたい。

インタビューを行なったのは、まだ紅葉が始まったばかりの二〇一〇年の十月半ばの晴れた日だった。中央本線を塩尻で乗り換え、飯田線の駒ケ根駅を降りると、冷気が顔をおおった。間近に見える山々とともに、信州の山間にきたことを実感した。伊那谷。詩人はここに移り住み、詩や書画を書き続けていた。それはきわめて多くの読者を獲得していた。

タクシーを止め、加島祥造さんの家へ、とつげると、ああ先生の家ね、と簡単に通じた。谷を降りると天竜川で、流れをわたり、広い河岸をながめているとタクシーはまた谷を登りはじめ、登りきる直前に木立に入った。すぐに木立に囲まれた詩人の家が現れた。

事前に手紙を出したところ、「これまでは「荒地」のことを言うのは控えていた。しかし、鮎川、最所フミ、私のことはあまり知られてないのでこの機会に語ろうと思う」という趣旨の手紙を受け取っていた。

十数年ぶりに会う詩人は元気そうだった。すぐに仕事場をかねた日当たりの良い部屋に通された。その部屋は詩人の絵を描く場所の一つらしい。絵筆と絵の具がちらばっていた。私はまず、戦後の「荒地」との関わりから聞いていった。以下に証言を掲載する（「ミて」一一三号、二〇一〇。一一四号、二〇一一）。

4　加島祥造と「荒地」

――「荒地」には田村隆一さんにさそわれたと年譜に書かれていますが、初期の「荒地」はどんな印象でした？　また、鮎川さんとの最初の出会いは、どんな形だったのでしょうか。

「鮎川との最初の出会いは、はっきりはしないが、田村にさそわれて初期の「荒地」の集まりに出た。それが最初だったかもしれない。戦前から鮎川のことは知ってはいたが、直接会ってはいなかったんだ。

初期の「荒地」は鮎川、中桐、三好が少し上で、その下に僕と同じ田村、北村がいた。そこに黒田が入ってきた。それが「荒地」の中心だった。軍隊経験においては、田村、北村が上に上がっていったのに対し、鮎川と僕は一兵卒からだった。その意味で共通点はあったのだけれど、最初は鮎川とはそれほど親しくなかった。戦前から英文学をやっていたおかげで、僕はエリオットは読んでいたし、エリオット以後のオーデン、スペンダーらイギリス現代文学もかなり読んでいた。そうしたところから彼らの議論もよく分かったし、むしろ僕のほうが知識においては進んでいたかもしれない」。

――しばらく詩を発表しないで、最初に発表したのが『荒地詩集一九五二年版』の「ブルース」で、これは二篇の詩からなりたっています。その一篇は「Light Verse」と題されています。一九五二年といえばまだ戦争の傷跡が生々しいときで、田村隆一の有名な「立棺」もその同じ『荒地詩集』に載っています。ライト・ヴァース一般についての位置づけを、加島さんは、《本流の詩(ハイ・ヴァース)を尊敬しながらも挑発し、からかう存在であり、シリアスな主題であっても軽さによって書きうるものだ》と、この作品にそくして後年書かれています(「むかしの小さなこころみ」、「現代詩手帖」一九七九年五月、特集ライト・ヴァース)。しかし、この当時、「ライト」を打ち出すのはかなり思い切ったことだったのではないでしょうか。もっといえば、この当時の「荒地」の詩はまだまだ重い、深刻なものだったわけで、それとは違う方向をめざそうとしていたのではありませんか。

「ああ、そういう考えはあったね。みんながあまりに深刻がった言葉ばかりを使っているから、そうではない、ライト・ヴァース的なものがもっとあってもいいんじゃないかと思った。僕は戦前からオーデンをずっと読んでいて、一番好きだったのは彼のライト・ヴァースだったんだよ。やわらかく心情を歌ってなかなかいいんだよね。僕はそうした「わかる詩」の喜びのなかにいたから、モダニズムの詩のほうにいかなかったんだよ。その意味で僕は生涯、「わかるもののベスト」を追求してきたところがある。「わからないもののベスト」は追求してこなかった。

それとオーデン体験以前に、東京の下町に育った人間として、落語や江戸俳諧など、軽いものに対する共感というものがあった。商人の息子だったし、プラクティカルなマインドから「わかるもの」じゃなければ、というところがあった。だから僕の中には重々しそうにふるまうもの、深刻そうなものに対する反発が常にあって、それが僕を「荒地」の詩人たちとは違う方向に進ませた。田村や北村はユーモアのセンスをたくさん持っていたけど、詩を書くと重々しくなっちゃうんだ」。

話の中でふれられた、『荒地詩集一九五二年版』で発表された「Light Verse」をここで引用しよう。

濃いコーヒーを前にしてこの恋人たちは
こっそり恋を語ろうとしたが。
男は重い口調で
『愛は』と言おうとして
『明日は』と言ってしまった

「明日は戦争、あさっては……」
壁にかかったカレンダーは
めくらがめくらを鞭うつ
二十世紀の任務を荷っていた。
女はおとなしく
「愛」という言葉を十九世紀の間知らなかった島に育ち
十九世紀の間発音したことがなかった
そしていま、凍った戸外に
吹きだした吹雪の不安な音を
気にしていた
濃いコーヒーを前にして
この恋人達は困っていた。

一読すれば明快だが、押韻と、本音と建前の反転がこの作品を特徴づけている。「濃いコーヒー」とは、韻を踏んでいるだけではなく、今からは分かりにくいが、当時の一般人にとっては、欧米由来のまだ飲みにくいものだったのだろう。「愛」という言葉と同じように。

ここにはたしかにシリアスなものへの挑発があるが、敗戦後まだ七年、時代は文学に重いもの、シリアスなものを求めており、ライト・ヴァースが広く受け入れられるには時間が必要だった。鮎川信夫はこの時代に、詩や批評で、まさにシリアスな、正面切った詩論、文明論を展開していたが、加島祥造はそれをどう見ていたのだろうか。

「僕は自分の人生を勘で選んできたようなところがあって、それをかなり信頼しているんだよ。その勘からいうと鮎川の詩は僕の勘にピンとこなかった。鮎川の思想に影響は受けたことがあったけど、詩がいいから鮎川についていったということではなかったね。「荒地」の詩では最初に共感したのは黒田だよ。黒田三郎の詩は明快な情緒を歌っているだろ？ 僕も詩の中に明快なものを欲しかったからね」。

――鮎川さんの批評や文明論についてはどうだったですか？

「鮎川とはその後親しくなって、当時住んでいた家に「荒地」の仲間とともに行って議論したものだよ。その頃鮎川はエリオットの評論にひかれていた。エリオットの、「伝統と個人の才能」をめぐってよく鮎川と話したよ。伝統というものにどう対すべきか、その新しい考え方を僕は鮎川から学んだところがあったな。僕は鮎川がもっとエリオットの評論の翻訳や批評をやっていくかと思ったが、そうはならなかったね。鮎川によって僕じしんあらためて、今の日本に生きる人間にとって伝統とは何かということが問われたと思った。しかしそれを考えていくと「荒地」に一番欠けていた部分だったんだよ。エリオットの議論をしているのに、伝統という問題を本格的に考えることは「荒地」はしなかった。そこで現代人にとって伝統とは何かという問題をめぐって「ニッポン」(一九五二)というエッセイやいくつかの文章を書くことになった。それは鮎川の影響といっていいだろうね。現代人の中に無意識に流れる本質的なものという問題は、僕は下町育ちで江戸の文化を少年期から身につけてしまっていたからわかったし、伝統がどう現代と関わるのかということは大事なテーマだったんだよ」。

――そういう加島さんを鮎川さんはどう見ていたのでしょう。

「鮎川は山の手育ちで長男だろう。父親も知的な職業でその意味では教養があり、下町の商人の家でたくさんの兄弟に囲まれて雑駁に育った僕とは気質的には相当な違いがあったと思う。だから鮎川とはさっきも言ったように最初は親しいわけではなく、あとになってから親しくなった。田村や北村とは三商（府立第三商業学校、田村隆一、北村太郎は同学年だった）からいっしょだろ。だから友だちなんてことを意識しないほど近しく、くっつきあっていた。僕が「荒地」で親しくなったのは三好豊一郎で、三好はなぜか僕に好意をもってくれた。

鮎川はその当時、僕に対して親しい気持ちを持っていたかもしれないと思うところもある。ただ、僕の才能はまだあまり認めていなかっただろう。北村や田村の才能をはるかに認めていただろうし、加島は英文学のほうに頭が向いているから、「荒地」で英文学をやるときに役に立つかもしれんと思っていたぐらいかもしれないね。鮎川にとって北村や田村は戦前からの詩の仲間だし、僕は後からで、それも異質だったから、親しみが違っていたと思うんだ。僕は戦前でもモダニズムの詩へ行かなかったから、田村と北村のやっていることを横目で見ていたようなところがあったね。
三好は親しくしてくれたけど、鮎川と三好は同年代で戦前から詩を書いてきたわけだから、僕に対して二人とも兄貴分のような気持ちがあったかもしれない。三好と鮎川はライバルではなかったんだよ。鮎川と中桐雅夫はライバル意識が強かったけどね。だから僕と三好が親しくしても鮎川はあまり気にしなかった」。

戦争期には、生まれの一年の違いが、どのような戦局の中で兵役をすごすかという決定的な違いになり、それは時として生死を分けるものとなっただろう。鮎川、三好、中桐の世代と加島、北村、田村の年齢差はほんの二、三年なのに「荒地」の中でもその差から来る隔たりがあったことがこの話からよく分かるのだが、さらに加島、北村、田村が商業学校からいっしょだったというエピソードをあらためて直接聞くと、そうした偶然が三者の人生にとってかけがえのないものになっていったことがよく分かった。そうした背景の中で加島祥造と最所フミは出会った。

5 最所フミの生き方

——最所さんとはどこで出会ったのでしょうか。

「敗戦後、僕は翻訳をやるかたわら「雄鶏通信」という海外文化を紹介する雑誌の編集部で働くようになった。いろいろな人に原稿を依頼して当時はジャーナリスティックに動いていた。当時の寄稿者だったドナルド・リチーからか、あるいは英語を三商時代に教わった安藤一郎からか、最所さんを非常にできる人として紹介されたんだ。だから最初は寄稿者と編集者の関係だった。僕と鮎川、最所フミのことは変な誤解をする人もいて、いつかはっきりさせておきたいと思っていた。僕の人生の時間が限られている中で、過去をふりかえるよりもいまは新しいことに向かいたいと思っているから、あまり過去をふりかえりたくはないんだけど、語っておきましょう。

すぐに親しくなったわけではない。しかし、徐々に親しくなっていった。親しくなっても自分は恋人になったとは思っていなかった。彼女のほうが十五歳も年上だったので、ちょっと恋人というには離れすぎていた。どう考えていたかというと、いきあたりばったりの人間の常として、それはそれでいいと思っていたし、恋人きどりになるつもりもない、そしてそういう自分を否定する気持ちもなかった。ある意味で自分はフリーだと思っていた。「フリー」というアメリカ流の考え方がすでに僕らに影響していたんだよ。

そのようにしてつきあってしばらくしたころ、彼女が「私のアパートにきてみない？」というので行ったんだ。そのころには彼女の実家の大きなお屋敷にも行っていたし、家族にも会っていた。ところが行ってみると、二間しかなくて、彼女の部屋には大きなベッドがおいてあって真っ暗なんだよ。もう一つは小さな日本間で、そこに恐ろしいような感じの女の人がいた。

あとで彼女が、「私はあの人がいて助かってはいるんだけど、なんだかおどおどしてしまう」と嘆くんだよ。

アメリカに長く留学し、高級官僚の、かなりいい家の娘だということは知っていたので、こんなところで一人ぐらしをしているのはひどいのではないかということを直感したんだ。何とかしてやらなければ、と思った。

そこで海外のベストセラーを翻訳して売れれば金がかせげるんじゃないかという案がひらめいた。すでに僕は翻訳書を何冊か出していたので、事情はわかっていた。彼女にたのんで翻訳許可の手紙を書いてもらい、当時ベストセラーになっていたジェイムズ・R・アルマンの『白い塔』の版権を取ったんだ。彼女は英語はできるけど、まだ翻訳の日本語はよくできなかったから、僕が訳したんだけど、共訳ということにして出した。当時アメリカ文学の新しいものだったらどこの出版社でも出せた。それぐらい海外文学に餓えていたんだ。新人社という小さな出版社が出すといってくれて、刊行したら本当にベストセラーになった」。

——今では考えられない、おとぎ話のようですね。

「うん、それが相当な収入になったので、これで家を建てようといったんだ。僕が大岡山に小さな土地を探し、建築費までは出せなかったから彼女が当時勤めていたリーダーズ・ダイジェストから借金をして家を建てたんだ。設計から、施工から何もかも段取りして大工まで探してきた。安かったけどすぐいなくなっちゃうような大工で、それをごきげんとりとり大変だったんだ。二十代後半でまだ若かったし、新しいことをやることがおもしろくてしかたがない時期だったからできたんだろうね。思いつきだったけど、そこまで普通はやらないだろう。それをやってしまうのが僕なんだろうね。

家ができて、二人で住むことになった。彼女が最後まで住み、後で鮎川と暮らした家だよ。僕はすでに「雄鶏通信」をやめていて、家で翻訳をやったり小説を書きたいと思っていたから、書いたりしていた。彼女はそこからリーダーズ・ダイジェストに通うという、非常に安定した生活だった。僕にとっては思いもかけない展開だった。

北村は朝日新聞に勤め、当時近くに家庭を持っていた。北村と頻繁につきあうようになり、両方の家に行きあった。そこに鮎川も加わることがあり、いっしょにピンポンをやったりした。僕はそういう関係がずっと続くと思っていた。みんな三十前後だった」。

そう、運命の船は、「荒地」の同人と最所フミをそのままにはしておいてはくれず、大渦巻きに導いていくのだった。

――最所さんはいい家の方なのに、なぜ加島さんが見て、これはひどい、という生活をしていたのでしょうか。実家の方はどう思っていたのでしょう。またいっしょに住んでいたという女性はどんな人だったんでしょうか。

「最所フミの実家は、さっきも言ったように高級官僚の家で、家は豪壮なものだった。彼女はアメリカで向こうの二世と一回結婚してるんだよ。そういうことも関係していたかもしれないけど、上流家庭のある種のとりすました冷たさというものがある。もしかしたら最所家にとって最所フミは隠しておきたい存在だったのかもしれない。彼女はそうした実家の扱いをアメリカ流に受け止めて、あたしはあたしで生活していくからいっさいかまわないで、という態度だったんだ。彼女は上流社会の「お澄まし」とも戦った女性なんだよ。

いっしょにいた女性については、僕は何もしらない。最所フミは自立している一方で、上流家庭で大事に育てられ、そのままアメリカに行ったので、日常の家事などは苦手だった。家事を手伝う人が必要だったのだと思う」。

――戦前から続く上流というと、おそらく底深い厚みがある家庭環境でしょうね。

「そうなんだよ。それで僕は彼女をその環境から救い出したという手ごたえを感じていたし、それには満足していた」。

――最所さんは単に英語ができるというだけでなく、それが発想や生き方にも貫かれていた女性だったということでしょうか。

「その通りだ。アメリカ社会の自由な精神があり、ぼくとの生活も男と女以上の知的な関係があったんだよ。僕は彼女に啓発され、英語をまだ学んでいるような段階だったから、彼女の存在が大きなプラスになった。英語がいかに深くて面白いものかということを彼女はたえず語ったよ。いろいろ知的な話をし、英語はあらゆる発想や考え方を表現することができる言語だとか、自分の考えをよく語ったよ。僕が英語を本当に身につけ始めたのはその時からだね。

当時彼女は「リーダーズ・ダイジェスト」の翻訳のチェックをしたり、「ジャパン・タイムズ」に映画評を英語で連載していたりした。しかし、それだけじゃもったいないと思って、僕は彼女に「英語についてのエッセイを書いてみたら?」と勧めたんだ。「私、書けるかな」というから、僕が保証すると言って、研究社の編集者に紹介したんだよ。そして英語と日本語のニュアンスの違いについて書くことになり、雑誌に連載するようになった。評判はよく、それは後になって何冊かの本になった。思いがけないほど才能を発揮するようになったんだよ」。

――力を発揮する場所を得たということですね。しかし順風満帆に見えた最所さんとの生活にどうして影がさしてしまったんでしょう?　その後加島さんは、一九五四年に、アメリカ留学のために氷川丸でシアトルに向かいますね。

「英語をもっと勉強したい、と思ったんだよ。アメリカの大学に奨学金の打診の手紙を彼女に書いてもらった。何通か出したが、たった一つだけ授業料免除で滞在経費も少し出すという手紙がきたので、そこに行くことにしたんだ。彼女も喜んでくれて、帰国まで待っているからということになった。彼女を東京に残して、氷川丸でアメリカに行くことになった。彼女と北村太郎が横浜港に見送りにきてくれた。

ここから先は現存の人たちがいるからはっきりとは言えないが、次の女性が現れて、その人との間に子どもができ、僕は最所フミから去ることを選んだんだ。最所フミに対しては、家もつくったし、新しい能力も掘り出したし、もう僕のやるべきことはしたと思えていた。意識していたわけではない。これから違うところに行くだろうという、僕の勘だった。何より僕はまだ若かったし、英語はまだ本物じゃないからもっとやらなければいけない、という気持ちがあった。

帰国後、松本の信州大学に赴任し、僕は家庭をもった。それでも最所フミにはときどき電話していた。そのうち、二、三年してからかな、彼女が「私、ハッピーよ、有名な詩人といっしょにいます」と言うんだよ。彼女とは英語で話していたんだけど、僕は安心してそれ以上訊かなかった。イギリス人の詩人か何かだと思っていた。それが鮎川信夫だということは、鮎川が死ぬまで知らなかった」。

——最所さんは、アメリカに加島さんといっしょに仕事を捨ててついていくような女性ではなかったわけですね。そうしたことも、彼女が貫いた生き方から来ているのでしょうね。

「彼女は「私、ついていきます」なんていう女性じゃないんだ。そういう自由で、自立した女性だった。そして、僕にもそういう自立心があった。だから、新しい女性の方に踏み切ったのかもしれない。生活的には、大岡山の理想的ライフから、かけ離れた暮らしに落ちたんだよ。最所フミはあまりにもすぐれた女性だった。しかし僕はまだ若かったし、最所フミとの生活より、自分一人で切り開く生活を始めてみたかったんだ。鮎川も北村も僕も、みんなドラマの中で生きてきた。それは単純なドラマとは違うものだよ。

その後信州に十三年いて、僕は横浜国立大学に移った。横浜に住むようになると、北村が近くに住んでいたから、また親しくつきあうようになった。鮎川もそれに加わり、いっしょに北村の家にいったり、三人でゴルフをやったりした。鮎川は横浜の僕の家に何度か来ましたよ。彼は釣りが好きだったから、いっしょに釣りにいったりもした。僕と北村と鮎川はいい友達関係になっていた。鮎川を、僕は友達だと本当に思っていた。北村は朝日新聞で上のほうに行ったし、僕は大学で順調にやっていたし、時代もよくて、その中でいい友達関係がつくれていた。

それから何年かして、北村は田村隆一の妻の和子さんと恋愛して、家を出た。少し後に、僕も恋愛から家を出て、仕事場に一人で住むようになっていた。北村と同じように流浪しはじめたんだ。だから北村と心情的には近く、北村が田村と和子さんの間でもみくちゃになっているときに、もう北村よせと言って、僕の家の近くにアパートを探し、彼は移ってきたんだ。北村とはその後もずっと親しくつきあっていた。

そうしたところ、突然鮎川が亡くなった。葬儀の日、北村が帰ってきて僕のところに来て、「誰に会ったと思う?」と言うんだよ。「誰と?」と僕がきくと、「最所フミに会った」と言うんだ。驚いて、「何で最所フミが」と言うと「最所フミが鮎川の奥さんだったんだよ」と言うんだよ。

僕は全く信じられなくて、というのは僕と北村と鮎川が親しく友達づきあいしていた間も、鮎川はまったく打ち明けなかったからだ。黙っていた鮎川の心情が分からなかったんだよ」。

――鮎川さんのことで言うと、そこは謎で、というのは独身というフィクションをつくるには、大きな労力が必要だと思うからです。同居し入籍していたわけですから、公的には住民票から税金まで夫婦として扱われるし、独身と妻帯者であることを使い分けるのは大変だったと思います。ごく少数の人にはどうしても知らせなければならなかったはずです。そうした公的な部分を別にしても、日常に独身という虚構をつくるのは常に神経を使う必要がある。それはある意味、文学的自由を奪いかねないところがあるし、それをあえてする必要がどこまであったのかというのは謎だと思っていました。何らかの理由によって、ある時から虚構を生きると決めて、親しい人間も含め例外なく自らの虚構を生きてみせたのだと思うのですが。なし崩し的なものであれ、意識的な構築であれ、それにしてもそれは鮎川さんに大きな負担を強いることになった。夫婦としての生活と独身者としての生活と二重の生活を維持するのは、経済的、労力的にも大変なものだったと思います。

「君の言うとおり大変だったと思う。そのために、生活の中のエネルギーの、半分くらいを使わなければならないかもしれない。並じゃできないよ。なぜそんな努力をしたのか。これは友達のアンテナから言うんだけど、鮎川は独身の青年のスタイルを捨てられなかったんだよ。それは鮎川が一番好きなスタイルだった。僕自身もそういうスタイルを持ちたかったから、鮎川の気持ちは非常によく分かるんだよ。

僕の場合は、子どもができて何もかもオープンにせざるをえなかったわけだけれど、鮎川の場合は、最所フミとの結婚は隠せた――自分の母の家にいると世間には言えたからね。自分の独身イメージを大切にしておきたかったんじゃないか」。

――たしかに、その解釈は、鮎川さんの立場から考えると、よくわかります。単身者のイメージは、鮎川さんの文学スタイルでもあった。しかし、それを最所さんはなぜ許容したんでしょうか。

「そこが彼女のすごいところなんだよ。あなたの妻なんだから、世間的にも妻として認めさせたい、とはけっして言わなかったようだな。彼女は自由な人間として、鮎川の自由を認めたというふうに、僕は理解するね。鮎川が自由を許されたのは、彼女がアメリカで学んだ自由の気持ちの表れなんだよ。そうした自由の考え方を彼女は持っていた。あえて言えば、鮎川はそれに乗って自分の自由を得た。それはちょっとおかしな、世間的にみれば異常なことに見えるんだけど、僕の言ったような心理からすれば、異常でも何でもない」。

――しかし、いつかは明らかになってしまうかもしれない……。

「鮎川はそうは思わなかった。なぜって、自分が彼女より先に死ぬとは思わなかったんだよ。だって鮎川より十三歳年上だろう。彼女が死んで、その後も自分の独身スタイルを一生貫いていけると思っていたんだよ。僕の経験からしても、そう考えていたことは理解できる」。

6 〈単独者〉の位相

日常というものは、ある形で定着してしまうとそれがずっと続くように思いがちだ。鮎川信夫が最所フミとの自分の未来をどこまで考えていたかは分からないし、今となっては彼に確認することもできない。しかし、鮎川がどう考えていたかとは別に、「友達のアンテナ」は、本人も意識していない、無意識を探り当てることがある。そして「単身者のスタイル」という指摘は、鮎川と多少なりとも接した私の体験からも腑におちるところがあった。

「鮎川がどのように彼女と親しくなっていったかは僕には分からない。彼女は僕の留学が決まった時も喜んでくれたし、留学中の手紙も僕を励ます、実にナイスな手紙だった。帰ったらまた、大岡山で暮らす気だった。

そういう彼女の期待を僕は裏切ったわけで、それはやはり彼女にとって打撃だったと思う。僕の留守中に遊びにきた鮎川にそれを嘆いたかもしれない。そして鮎川は彼女のその苦しみを軽くしたんだ。彼女が、僕が去った後もいいライフを持ったと知って、たとえ後になってであってもうれしい。その意味でも鮎川に対しては感謝しているんだよ。

僕も鮎川も、その行動に嘘や見栄はなかったはずだ。現在を生きる中でベストをつくそうとしていただけだ。子どもができなかったら、僕は大岡山の家に帰ったはずだよ。鮎川を責める気持ちはない。みんなドラマを生きたんだと思う。

鮎川が、北村や僕に最所フミのことを黙っていたことだって、悪いことをしているという意識は無かっただろう。北村も僕もそんな鮎川の心を受け入れるメンタリティはあったんだよ。

鮎川も自由だし、僕らも自由。「荒地」は、ある種のそうした自由を持っていた連中だったということだね」。

――鮎川さんの日記を読むと、最所さんを非常に大事にしていることが分かるんです。また最所さんのためによく動いている。知的ということ以外に、最所さんの何が加島さんをひきこんだのでしょう。

「彼女は特別なものを持っていたんだよ。それは女のコケットリー（媚態）なんかじゃない。知的なんだけど、イノセンスなものがあって、それは大切にしなければならないと思わせるものだったんだ。発想も生活も欧米的なものが自然にしみついていたけれど、日本的なやさしい情感を失っていなかった。僕といっしょにいた時も毎月歌舞伎に行っていた。そこがおもしろい、謎の部分だと思って見ていたよ。

二重生活は鮎川にとっても大変だったかもしれないけど、鮎川はそういうところをおろそかにしない男だった。女性にはやさしかった。母親や妹たちに対してもそうだったよ。鮎川は普段は文学の話もそんなにしないし、酒もあまり飲まないかわりに遊ぶことは好きだし、日常つきあっていくにはいい男だったよ。自立した最所フミにとっては、男が必要というわけではなかった。きっと彼女にとって鮎川は、価値のある、そしてやさしい男だったんだ。鮎川も僕も、彼女にはいい相手だったんじゃないかな」。

――それだけの力を、最所さんはもっと自分のことに発揮することもできたのではありませんか。

「現在残した本や映画評だけでも大変なものだよ。しかし、もっと他の著作もできた人だったな。少し考えるのは、鮎川は僕がやったように、彼女の新しい才能を掘り起こしたりはしなかったようだね。それと、鮎川はいろいろ翻訳をやっていたのだから、彼女が助けたこともあったろうね。僕は、鮎川の死後、彼女と会ったよ。二度ばかり、食事をした。僕は何かしてやりたかったんだ。でも彼女は僕にもたよらなかった。世間的な話しかしなかった。

――鮎川さんのことは何かおっしゃらなかったんでしょうか？

「英語で話していたんだけど、ordinary な人だった、と言ったな。最所フミは、僕にとって人生の最初に尊敬し、愛した人だった。青年期の最後のしめくくりとして最所フミとのことがあった。知識も文学も英語も、人間の精神に関すること、人間の生き方も、人にたよらないで独立して生きる仕方も、何もかも、学んだ。僕みたいに育った、下町の商人の息子としては考えられなかった部分を、最所フミから学んだんだよ。だから心の中で深く彼女に感謝しているんだ。最所フミは本当に不思議な力を持った女性だった。だって二人の詩人を育てたと言えるんだ。僕と鮎川。そんなことは並の女ではできないよ。

まあ、このへんで。きょうは本当に特別に語ったんだ。さあ、いま描いてる画のほうに向かわなければ」。

――ありがとうございました。

最所フミは沈黙し、鮎川の自由を尊重することを自らの使命と考えたということだろうか。鮎川は現実の〈私〉を切断し、書くための態勢はつくったが、単身者としての形を整えるために多大な労力を使わなければならなかった。それは鮎川の書くものに、単身者のスタイルを与えた。それを最所フミは鮎川に与えたのだろう。当初は特異な関係であったが、日常の中で安定したものとなった。

だが、私は鮎川信夫という表現者の独特の構造を考えざるをえない。それは森川義信や『戦中手記』に関する沈黙にも共通するだろう。自らの〈内なる人〉の深奥に関するものは、表出せず、自らだけの自由にしておきたかったのか。あるいは〈世界〉を〈私〉と切断してとらえることこそ至上の命題と思っていたのか。いずれにせよ、自らの内に大きな未出の部分をかかえていることは、鮎川の詩の可能性をせばめてしまったことは間違いない。

そうした視点から見ると、鮎川の晩年の詩が、〈私〉をめぐるものが多くなっていったのも、〈内なる人〉を排した時論の仕事が増えていったのも自らを追いつめていった結果だったようにも見えてくる。表現された〈私〉と現実の〈私〉を切断し、〈世界〉をとらえようとした、やはり、モダニストであることを時代の中で貫き通したのが鮎川信夫の詩的生涯だったということだろうか。

第十章　難路の途上で

1　橋上の〈私〉

　前章で検討したように、現実の上村隆一と構築された〈鮎川信夫〉の関係は、一九五八年の最所フミとの新しい生活以来、単に筆名という以上の構造を持つに至った。それは極端に言えば〈鮎川信夫〉というもう一つの人格を日常的に生きる、という作業を孕むことになった。当初は、鮎川はその構造を自分の生き方のスタイルにあっていると考えていたと思うが、私の想像では、生活の二重性は負担を強いたことに間違いはない。しかし、時間がたつうちに、実生活上の二重性は日常の中に溶け込んでしまったのだろう。彼が〈単独者〉のスタイルを持って生きていることは、自然なものとして受け入れられていったし、彼自身、それを変えようとはしなかった。しかし、それは表現における〈外なる私〉を狭め、〈内なる人〉を全面化することを妨げることになった。そのことを彼がどこまで考えていたかは不明だが、最晩年に至って、その構造を変え、

〈内なる人〉を表に出そうとしていた、と私は考えている。『宿恋行』は二重生活が始まって二十年たった時点での詩集であるが、前述のようにこの頃から〈私〉をめぐる詩が多くなってくる。〈私〉が書くことを執拗に問うそれらの作品は、〈鮎川信夫〉の〈私〉と現実の〈私〉との距離を問いかけている。それがどこに行きつくのか、『宿恋行』や『難路行』からそうした部分をあげてみる。

これは、私だけが「虚構の個性」をつらぬき、偽善の間道をくぐりぬけて、
うまうまと生きのびてきたということか。

(「私信」)

自分のことを
「かれ」と言ったり
「きみ」と呼んだりする習慣があって
失われたものと現在あるものの中間で
危うく均衡を保ってきたが
三つの時代を同時に生き
矛盾の道を地ならしするのは
しんどい作業である

(「ひょっとすると」)

荒れた裏庭に出て
強風のなかでクラブを降っているのは
もう一人の彼である
どんな遠方も
至近の距離にあって
海鳴りさえ聞えてくる
こんなに澄みきった空気のなかには
いかなる罪悪も存在しないかのようだが
風声のま
ざわめく樹樹のあわい
まばたきとまばたきのあいだにも
戦争と革命の犠牲者たちの
死屍類々の谷が見えかくれするので
たったいまも
ソロフキの囚人の手は
かすかにおののくのである

（「廃屋にて」）

虚構と現実の「あわい」を生きたことを回顧し、問い直している。もちろん、現実の〈私〉と書く〈私〉の距離は、鮎川にとっては詩的な源泉でもあった。両者を架橋し、橋上に立つのが、鮎川の方法だったが、それは、「三つの時代」、つまり戦前と戦争期、戦後という時間を貫く〈私〉を創造するために選ばれた方法だった。

フェルナンド・ペソアというポルトガルの詩人は、いくつかの異名を持ち、異名者を作品中に登場させるが、それに近い方法ではある。しかし鮎川がペソアと決定的に違うのは、鮎川にそのような事態がおこったのは戦争体験と戦後という外側からの転換からだったということである。戦争期という非日常、そして戦後期の激変は、現実とは複数性なのだということを骨身にしみて感じさせただろう。それは、投稿時代からあった鮎川の書く〈私〉と現実の〈私〉の距離をより拡大させた、と私は考える。

戦後に詩の中に登場する「かれ」、「きみ」、そして「M」や「姉」でさえも、自己を架橋させる存在ともなり、複数の人格に呼びかけ語らせる構造の中で、詩の世界を造っていった。作られた別人格と自己との〈あわい〉は彼にとっての詩の源泉だった。この彼の「橋上の詩学」は顕在化されることはなかった。それは「内なる人」を未知なものとしたからだった。

「橋上の詩学」においては、森川義信という存在があったことは、とても大きかったのではないか。『神曲』でダンテを導いたウエルギリウスのように、森川について書くことが〈戦争〉をめぐって鮎川を導き、いわば楕円の焦点のようになって、鮎川の書くものを掘り起こしていった。戦争という巨大な多層体、それも動的に変化するものを書こうとした時、複数の〈私〉によってしか書けないと考えたのではないか。

そのような複数性を、さらに日常の段階まで拡大させたのは、最所との生活である。水面に浮いている水鳥が水中で足を動かし続けているように、鮎川は外から見えないところで揺れ動く内面の生活を統御していたのではないか。それは時に、引用にあるように「しんどい」と感じさせる作業だったのかもしれない。

この当時、一九七九年の日記にこのことに関わる記述がある。

十二月八日

深夜、あれこれ考えているうちに、とつぜん恐ろしい考えが浮ぶ。今までのぼくの生き方を根柢から覆すに足る考えである。自分はこれまで、あらゆる人の（周囲の人の）生き方の核に自己中心主義を見、それがとりもなおさず人間の生き方なのだと是認して、自分にも一応意識せずともそのような自己中心主義があるにちがいない（もちろん型はちがっても）と思ってきたが、根本的には他者のそれに見合うだけの自己（自我）を持ち合わせていなかったのではないかという疑問である。もし、KがFを捨てなかったら今日のぼくはありえなかったろうし、両親同様に戦争体験があのようなものでなかったら、やはり今日のぼくはありえなかったし、両親が――でなかったら、今日のぼくは――ろうと思われる。こう考えるとぼくの自由は極めて疑わしく、自己を完全に被害者の立場におくことになって必ずしも実情に即しているとはいえない面があるものの、あらゆる外観をひっぱがした内の内には、非常にみじめな自己の姿がひそんでいるように思えてならなくなった。

大東亜戦争勃発三九年目の反省として、以上のことはここしばらく固く心にとどめおくことにする。

自己形成に関わる要素として、戦争体験、最所との生活、両親の三つをあげている。戦争体験は日本の滅亡を確信し応召したという特異な体験だったし、最所との生活も普通の家族とは違った形態だった。両親、特に父との葛藤は、父のファシズム系の雑誌に関わるという、特殊な事情が関係した。この三者とも鮎川の判断で、鮎川の戦後の表現の中で内在的に展開されることはなく、内に秘められたままだった。この日記の記述をそのまま受け取るなら、膨大な世界が水面の下にあったということになる。それは彼自身にとっては、時に「しんどい」ものでもあり、「偽善の間道」と自虐的に書きたくなるものでもあったろう。それでも内と外を結ぶ橋の上に立ち続けた。それが彼の思想であり方法だった。

しかし、鮎川の認識には、しばしば、自分の底にある〈内なる人〉をこの記述のように「非常にみじめな」とネガティブにとらえるところがある。そのことは詩における「偽善の間道」という言葉に象徴されるような、偽悪的な表現を生むことと無関係ではないと思われる。彼は〈内なる人〉を必要以上に空虚だと思っていたようだ。それはなぜか。

私の考えるのは、〈一つの中心〉を探求することが自分に還った時に、自分が卑小に見えた、ということである。また、生活史的に考えれば、父親との葛藤の中、幼少期において弱い、脆い〈内なる人〉を見ることになったのではないだろうか。初期の詩に表れた柔らかいユートピアはそれが反転した世界のように思える。この「両親」の部分は、分かりようがないところもあるが、少なくとも鮎川は、「弱い」、「脆い」ものを生涯秘め続けたようである。私には、〈亡姉詩篇〉と呼ばれる詩群は、こうした〈弱さ〉を思うままに露出させたようにも見える。しかし、〈弱さ〉は鮎川の世界をかえって深々としたものにしたのではないだろうか。

すでに書いたように、七〇年代末からこの構造に変化が見られてきているように思う。「廃屋にて」の「廃屋」とはおそらくは彼の自室、あるいは部屋に象徴させた心のありようだろう。この「廃屋」については、西脇順三郎を追悼する「師」（「ユリイカ」一九八二年七月）で、「部屋は荒れ放題、床の破れ目から笹竹がひょひょろと黄ばんだ茎を伸ばして」と自室の様子を書いている。これまで誰にも知らせなかった自室を書くことに、私は彼の変化を見ている。さらに言えば、この追悼では、西脇を「先生」と呼びかけ、タイトルに「師」とつけている。「先生」とは、これまでの鮎川に無かった語彙だ。それまで抑制したものをここであえて表現したのだろう。鮎川が新しい場所に出ようとしていたことの証ではないだろうか（詳細は拙稿「沈黙する詩人――西脇順三郎と鮎川信夫」「三田文学」二〇一一六冬を参照)。その行方は彼に明確に見えていたわけではなかったろう。しかし、いまから見ると〈橋上の詩学〉を越えて、〈外なる私〉と〈内なる人〉を溶融させた新しい場所へ向かう作業を始めていたように見える。その大きなものの一つは、森川義信について新しい解釈を書いたことであり、もう一つは詩を止めたことである。

2 〈森川義信の戦後〉以後へ

鮎川は一九八三年に詩を十年止めると公開の場で語る。この前年に、「失われた街――現代風景論」(「現代詩手帖」一二月―七月)を書く。戦病死した森川義信の詩七篇が新たに見つかった経緯を書いた「失われた街」は、第三章で検討したが、森川義信との関係を新たに捉え直そうとするものだ。鮎川は、森川のことを生涯にわたって書き続けたが、長年の課題であった、「一人の詩人の魂を復元させ、もう一度この世に、完全な姿で再現」させるという作業に、鮎川としてはこの詩の再発見で、ある決着がついたと考えたと思われる。「森川に関するかぎり、ほぼ完全に、失われた〈時〉をとり戻したと思うと、私は心からの喜びを禁じえない」(「失われた街」)と書く鮎川は、一人の死者(森川)を媒介として戦後を考えること、そのような思考の中で詩を書くことが臨界に達したと考えたのではないだろうか。

一九八一年になって森川の属していた「裸群」同人の斎藤栄治より、「裸群」時代の森川の遺稿が贈られた。「悒鬱な花」と題された小詩集(七篇)はすべて未発表詩篇。すでに森川作品のほとんどを収集・刊行しえたと思っていた鮎川にとって、七篇もの作品、しかも「悒鬱な花」とタイトルまでつけられ、詩集の形をとった作品群の出現に、虚をつかれる。きわめて親しかった間柄で、詩に関してはほとんど打ち明けあって知らないことはないと思っていたのに、新たな森川の出現に鮎川はとまどう。もしかしたら、自分の考えていた森川像は、現実の森川とは違うのではないか、と考え始めるのである。連載が開始されるのが翌年の「現代詩手帖」二月号（一月二十五日刊）だから、森川義信の詩篇を受け取って時間をおかず『失われた街』は書き始められたことになる。

だからこそ『失われた街』は、森川が詩人として再現されたということにとどまらない、森川との重層的な関わりを掘り起こしていくことになる。森川についてはずっと書き残したことがあると感じていたようだ。それは鮎川自身も関わった森川の恋愛だった。『失われた街』はおそらくはタイトルをプルーストの『失われた時』をふまえているのだろうが、記憶が幾重にも折り重なるようにして書かれている。幸い、この執筆時期の日記について参照することができたので、第三章とはアプローチを変え、日記と比較しながら筆を進めていこう。

『失われた街』に関しては、日記には連載開始の前年一九八一年十二月三日に森川の詩の寄贈を受けたとの記述がある。そして『失われた街』の初回を書いている最中に次のように記す。

森川の「悒鬱の花」について書き始めたところ、書き出しのつもりがつい長くなってしまい、注文された「現代風景論」のほうへ引っぱっていけなくなってしまった。こんなことを書いていていいのかという気もするが、どうにも仕方がない。森川のいない新宿なんてつまらない、死んだ街だと、そんなことをいいたいのだろうか。五日の夜、元千鳥街付近の淋しかったこと。「街」という詩の暗示が働いていたのかもしれない。森川よ。
（一九八二年一月九日）

「失われた街」を書きつぐ。やはりねばりがなくなっているので、すぐに倦きて中断してしまい、進行は思うにまかせない。夜中の一二時頃からピッチをあげ、朝の五時頃、いちおう約束の枚数に達する。
（同一月十日）

このようにして『失われた街』は書かれ始めた。日記に対応した本文は次のように書かれている。

森川のいない街はつまらない。それがこの旅の唯一のテーマであったと思う。実体のない街……、落ちていく、落ちていく……「虚しい街」の残響である。
（『失われた街』一〇六頁）

もともとの依頼の趣旨は、現代都市論を詩的なエッセイとして試みる連作というものだった。「風景論」という問題は鮎川の中で展開して、森川について新宿を中心に書くというものになったのだろう。「風景論」は同時期に書かれた詩のタイトルにもなった（「朝日新聞」一九八二年一月三日）。

三章で書いたように、鮎川は、自分が高く評価した森川の詩「勾配」成立の影に恋愛があったことを記憶の中から書いていく。しかも鮎川自身も恋愛と無関係ではなかった。その事情は、彼自身にも全体像が見えていなかったため、これまで書かなかったのだろう。森川の失恋とその後の行動に、彼の詩集の刊行が不首尾に終わったことが絡んでいく。それを一つ一つ解きほぐしていくが、それでも不明なものは残る。それを鮎川は次のように日記に書く。

森川のこと、考えれば考えるほどわからなくなってくるところもあるが、今になってはっきり見えてくる部分もあり、たったこれだけのことで人生の大部分を消費しなければならぬのかと恐ろしくなる。

（一九八二年三月十七日）

「はっきり見えてくる部分」とは、「人を愛することに必死だった独創的な詩人の、やむにやまれぬ個の苦闘が、世代に共通する普遍性と見事なまでに一致することで、「勾配」は、私たちにとって稀有な作品となったのである」という、「勾配」や森川義信に対する新しい視点だ。この「世代の普遍性」とは、『失われた街』によれば、「この時代に、わたしたちは〈明日〉を考え、〈永久〉を考えて、日本ではほとんど不可能な文学を創造しようとしていたのだ、と思う。それには、過去の一切の文学的権威は否定されねばならない、というのが、切なる願いであって、そのために街へ出て、仲間との会合を熱心に重ねていたようなものであった、時代状況に照らせば、未来に希望をつなぐことは断たれていたようなものであったが、おびただしい灯がともる大きな街のなかの、たった一つの灯の下で、それは可能なのだというのが、いわば「荒地」の暗黙の契約になっていた」というものだ。〈世代〉や〈われわれ〉という言葉で書かれた、〈荒地〉の理念を担う主体についての鮎川の最後の評である。この「黙契」を一貫して保持し続けたのである。だが、『失われた街』は単純に過去を回想、再認識しただけのものだろうか。日記は単純な自己の告白だろうか。ここからが鮎川信夫という存在のやっかいなところである。「現代詩手帖」七月号で連載を終え、単行本のための終章を書く途上で以下のようなことを日記に書いている。

私が言っていることは、内在的な意味でかならずしも「私」が言っているわけではない。媒体である場合が多い。自分のために言っていることは、むしろ少ないくらいである。

（八月十九日）

この部分は、『失われた街』終章に次のように書かれることになる。

〈自分があずかった森川の遺品はすべて失われてしまったので〉いま、私の手許にある彼の遺品は、すべて他者を経由したものばかりである。否応なく、私は醒めた媒体にならざるをえなかった。それゆえ、ここでの私は、内在的な意味での「私」ではなく、自分のために言っていることは、ほとんどないに等しいのである。

（同二二七頁、〔　〕内注記）

「媒体としての〈私〉」と書くのは、やはりその内側に「内なる人」が存在していると考えていたことを表していると思う。この構造を持つかぎり、記憶をめぐる記述はどこまでも重層化し、非決定のまま残ることになる。「絵の道具」をめぐる謎はすでに書いたが、森川との最後の接触の経緯など未解決の問題は残った。

だが、鮎川にはジャーナリストとしての側面もあった。資料や証言を集め、可能な範囲で森川との関係を確定しようとする過程が『失われた街』に書かれている。この点で鮎川の追求には徹底したところがある。一方、牟礼慶子は『鮎川信夫からの贈りもの』で、森川をめぐって独自に調べた結果、鮎川の誤りと思われるものを三点報告している。私の現時点での調査と異なる認識もあり、私の考えを以下に記す。

まず、森川の恋愛については、牟礼は恋愛の相手だったTさんへの調査によれば、失恋は「勾配」の書かれた後で、「勾配」と恋愛は無関係であるとする。事実関係はその通りであるが、第三章で書いたように、森川と鮎川は恋愛をめぐって了解があり、鮎川はそれをふまえて「勾配」と恋愛を結びつけた。だから、「勾配」の影に恋愛があったと彼が考えてもおかしくはない。恋愛が背景にあることは「勾配」の価値を下げるものではない。

次に、森川の詩集刊行について、鮎川は森川が意欲を失ったと書いているが、森川の書簡によれば、森川は期待していたと牟礼は指摘する。この理解は一面的で、森川にしてみれば詩集制作を一任していた鮎川への遠慮もあっただろう。鮎川は詩集を出そうとする森川の期待と遠慮や自信の無さの両面は受け止めていたと思われる。応召前には書こうと思っても書けるものではないと、森川の表裏を理解している書き方もしている。森川が意欲を失ったから詩集が出せなかったと鮎川が単純に考えていたわけではないだろう。大事なことは鮎川が森川の意志を越えて詩集を出そうと思っていた事であり、だから戦後の「荒地」に森川の詩を何度も載せ、詩集を編集・刊行したのではないか。

最後に、森川の詩集の元となったノートを持参したX氏について、牟礼は鮎川の創作ではないかとする点である。しかし、このノートは『失われた街』にも写真で撮られているように存在している。私はX氏は実在であると思う。X氏に関しては、鮎川の母が大西という姓を思い出し、森川の従兄弟である大西祥治にたどりつく。この過程は事実を追跡する説得力を持っていると思う。しかし牟礼は、森川の兄・森川正蔵が、森川は大西祥治に容貌が似ていないという指摘をしたことなどをもとに、X氏は鮎川の虚構だと判断する。

『失われた街』の終結部では鮎川は大西祥治の未亡人に電話し、直接確かめたことが書かれている。「受話器を置きながら、私は、やはり、と言うべきか、もしかしたらと言うべきか、ちょっと判断がつきかねるが、X氏はX氏のままで終わるのが本懐だったのではないかと思った」と書かれているが、一九八二年八月八日の日記には「午前中に大西祥治さんの未亡人に電話。決定的な証言は得られなかったが、やはり彼だったのだろうという心象は得た」と踏み込んだ書き方をしている、真相はともかく、少なくとも「X氏」は鮎川の創作ではなかったということである。

このように、鮎川は持てる材料を集め、証言を聞き取り、記憶を再構成しようとした。ここには距離を持って森川を書こうという姿勢が読み取れる。それを成し遂げた時、鮎川に訪れるのは〈森川の戦後〉以後という問題だったように思う。それは、〈森川の戦後〉以前の自己史を問い直すことから始められていく。晩年の西脇順三郎の再認や、エリオットを通したダンテの『神曲』への関心はそこにつながったものだと私は推測する。

3　最後の詩

鮎川における〈森川の戦後〉以後が始まるのと並行して、詩と離れる決断をする。一九八二年一月にほぼ同時に三篇の詩が発表された。「海の変化」（「現代詩手帖」一九八二年一月）、「風景論」（「朝日新聞」同一月三日）、「夕日のつぶやき」（「文學界」同一月、いずれも没後、詩集『難路行』思潮社、一九八七に収録）であるが、結果的にこれらを最後に、鮎川は詩を発表しなくなる。日記に出てくる晩年の詩の記述は、詩が困難になっていることを表している。

一九七九年三月十二日
詩を書くのは本当につらい。朝の五時まで考えたが、どうにもならない。オブセッションがなければ、けっきょく詩も成らないということか。

十月十日
詩を書くのは近頃ではすっかり苦痛になってしまった。この分だとそう長く続けられないかもしれない。あと「詩集」一冊がいいところか。

一九八〇年七月十八日
最近、とみに詩を書くのをやめる必要を痛感。いずれにせよ来年一ぱいということにしたい。

詩が書けない、ということに向き合った記述は驚くばかりだが、死後に刊行された『難路行』(一九八七)の詩はこのようにして書かれたものだった。鮎川が「詩を十年やめる」と語った経緯については、「詩のラディカリズムの〈現在〉」(「現代詩手帖」一九八三年十二月)で詳しく発言しているが、それによれば公開の会場で発作的に発言してしまったのだと言う。しかし、これらの日記や『自我と思想』(思潮社、一九八二)の後書きによれば、以前から考えていたようだ。とすれば、最後の三篇は、鮎川の中で何らかの決着をつけるつもりで書かれたと考えたとしても無理はないだろう。特に「海の変化」の異貌な世界は、彼の詩の全体をふまえた作品のような気がする。

もはや、わたくし、と特定する必要はない。わたくしには、わたくし以外のどんな現象も起りようがなく、わたくしの影は、孤独とはいえなくなってい
るから、
うつむいて、歩いているところは、一木一草もない、黒い砂地で、
夜明け前の微光があたりをくまなく覆っていて、どこへ行こうとしているの
か、
遠くかすかな潮騒のひびきにさそわれ、海にむかってひき寄せられていくが、
それにしても、と影をもたぬ寂寥が、くびをかしげる。人に会わぬ。風はそ
よとも吹かず、自分の足音さえきこえない。

（「海の変化」前半）

「海の変化」は、またしても「わたくし」を問う一行から始まる。そして海に吸い寄せられる「わたくし」の歩行が描かれる。しかし、その目的地である波打ち際が移動してしまう幻想、砂浜の道しるべが消えてしまう幻想を夢の体験のように描いている。自分がどこにいるのか、いや「わたくし」が「わたくし」であることさえ分からなくなってしまう恐ろしくも夢幻的な風景。

その歩行は、「あたりが急に暗くなってきて」闇に閉ざされる。そして「必死の思いで、前方の真っ暗闇を凝視するが、もう何も見えぬ。／叫ぶ、が、声にならない。ぴったり浪に包囲されて、」という、中断で終わる。この恐ろしい歩行は何だろう。夢のようにも感じられる。「海の変化、最後の思想詩」（瀬尾育生、『続続鮎川信夫詩集』思潮社、一九九八）という詳細な論考があるが、私は鮎川の詩をめぐる生涯が書かれていると思う。

表題の「海」はかつては、「橋上の人」や「繫船ホテルの朝の歌」のように力強く描かれ、未来や再生の喩になったこともあった。「橋上の人」（「故園」一九四三年三月版）には、「夢みる橋上の人よ／この泥に塗れた水脈もいつかは／雷とともに海へ出て　空につらなる水平線をはしり／この橋も海中に漂ひ去って　踊りたつ青い形象となり／自然の声をあげる日がくるのだらうか」と水も橋も、未来と創造の表象である「海」に至る。戦争による崩壊と死の予感の中にあっても、「ここ」と「かなた」、そして「橋」という〈世界〉のイメージを鮎川は手放していなかった。「海の変化」との何という違いだろう。しかし、鮎川の現在は、「もう何も見えぬ」と書くしかないところに至ってしまう。

この暗闇に閉ざされた状態を「これが罰か、太陽と海を呪ったことの？」と問う一行があるが、これは明らかに「死んだ男」の「さよなら、太陽も海も信ずるに足りない」に対応している。このように読んでいくと、この歩行は鮎川にとっての詩的な生涯と読めてくる。『鮎川信夫全詩集』「あとがき」に、「詩を書くときの私は、言葉とのいつ果てるとも知れぬストラグルで、文字どおり悪戦苦闘しており、真暗な海底で手足をバタバタさせて藻掻きくるしんでいる」という記述もある。これは「海の変化」の浪に包囲された闇の世界に通じているように思う。

とすると、冒頭の一行が「もはや、わたくし、と特定する必要はない」で始まり、すぐ後に「わたくし、とは誰だったのだろう」と問いかけるのは、鮎川の方法を自問しているように思える。詩を中断しようとした時、見えた風景を、未来と創造の喩から異貌なるものに変わった海に託して鮎川は書いたのではないか。それは幻想的でも、痛ましくもある。だが、この作品が中断した形（「、」で終わっている）で書かれていることで、私としては鮎川がまだ先があることを意図したと考えたい。

これらの詩が書かれたあと、鮎川は詩を中断すると宣言し、時評的コラムを旺盛に書くようになった。詩を止めた後、自分の詩を読むと「他人の詩集を眺めるのとあまり変わらない」（『疑似現実の神話はがし』）と書く。ここまでの慨嘆はありえるだろう。しかし続けて「鮎川信夫という詩人を自分だといつも思っていたが、実はそうではなくて、そういう特定の名前を持った詩人を演じてきた」とまで書くのは、あまり例が無い。私が考えてきた〈構築〉を〈演じる〉と表現したのだとしても、歴史や状況などの文脈から切り離されている。

鮎川が構築性から離れていこうとしたことを指摘するのは吉本隆明である。「海の変化」は、『宿恋行』と同じく年代順に配列された死後刊行の詩集『難路行』に収録された。鮎川の最後の仕事が鳥瞰できる詩集で、その多くが、世界を否定のうちにとらえながら、それを断念とか諦観のようなもので包み込む心情〈全てが現実のものではないが〉を〈つぶやき〉(=ひとりごと)の仕掛けで書かれた詩集だと思う。その解説「最後の詩集」で吉本隆明は、鮎川の晩年の詩は基本的に抒情詩であるとし、詩集の全体を〈赦し〉の詩であると位置づける。これまで拒絶したり抑制していた何かを受け入れてしまうことを〈赦し〉ととらえ、次のように書く。

実生活上のやさしく親切だった鮎川信夫が、修辞的な世界に移行し、修辞的な世界のきびしさが実生活に移行した(中略)。かれの最後の抒情詩の〈赦し〉の雰囲気はとりもなおさず、〈死〉の影にほかならないと思える。

鮎川の構築性が溶融し、〈内なる人〉を露出させてきたことを、このような言葉で評するのは理解できる。だが、実生活と修辞的世界が交差して移行したという評は、わかりやすいだけに、図式化しすぎていると思うのだ。その変化も〈赦し〉というものではなく、「海の変化」に表れているように、もっと急迫し追いつめられたものだったのではないか。

鮎川と吉本隆明は八〇年代半ばに決定的に対立する。この鮎川評は対立以後のものなのだが、鮎川が変わった時、その対立は不可避だったようにいまからは思える。そのことを次に検討してみよう。

4　中心と重層

私は一九八〇年代の半ばに、先進世界は大きな転換を迎えたと考えている。科学技術やメディア技術の発達により、もの（商品）とその表象が乖離し、表象が自己展開するようになった。当時流行したボードリヤールのシミュラークル論による消費社会批判はそうした現象を批判したものだ。表象の過剰が、「フォーカス」といった写真雑誌のような新しいメディアの展開、「おいしい生活」といった西武デパートの広告コピーに代表されるイメージ消費によって、広く社会に浸透した。その結果、真実は一つではない、真実は操作しうる、ということが社会の末端まで容易に体験できるようになった。そうした現象は二十一世紀のメディア社会に直結している。鮎川は、この転換を批判し、〈一つの中心〉を考える立場を取り続けたのだと私は考えている。鮎川にとっては、〈疑似現実〉はなかった。現実は究極的には一つだった。鮎川にとって〈一つの中心〉とは、ドグマでも理想でもなかった。あくまでも実践的なものだった。

八〇年代という時代は、二十世紀のもう一つの世界戦争である冷戦が終わろうとしていた時代でもある。鮎川の生前、すでにゴルバチョフも登場し、レーガン／サッチャー政権によって、今日の新自由主義政策につながる、一連の民営化、市場化政策が開始されており、個と共同性の関係は大きく転機をむかえようとしていた。英米の雑誌を読み続けていた鮎川は、この当時の英米新自由主義の議論を、社会主義や構築主義に対する個の側からの対抗軸として利用しようとしていたが（『私の同時代』文藝春秋、一九八七年など）、しかし、鮎川自身、この議論がどこへ向かっていくのか、まだ充分把握できなかっただろう。冷戦下にあることを充分に自覚しない日本の戦後の虚妄性を批判し続けた鮎川にとって、少なくとも八〇年代の〈疑似現実〉は、その虚妄の帰結と映ったに違いない。しかし、〈疑似現実〉を批判し、戦後の外に出ようとする鮎川の苛立ちは、冷戦下においては充分受け止められなかった。

この前提に立つと、鮎川信夫と吉本隆明はなぜ対立したのかがいまから見えてくるのではないだろうか。一九五〇年代から応答し合いながら戦後日本批判を展開し続けた二人が、一九八〇年代半ばに対立する。鮎川の時評「疑似現実の神話はがし」(「現代詩手帖」一九八四年六月)で吉本の『マス・イメージ論』を論じたことに端を発した。『マス・イメージ論』は、高度資本主義に入った日本社会の転換を論じる、吉本の転換点となった長編評論だ。吉本は転換を、既存の制度、文化を「解体」するほどの本質的なものだと論じるが、鮎川は、それは表面的なもので「現象としてしか理解できない」ととらえた。そして「吉本も変わった」と慨嘆した。批判というより、苦言を呈したと評した方がいいだろうか。ここではその内容に立ち入った議論は避けるが、少なくとも『マス・イメージ論』で論じられる文学の解体、サブカルチャーと文学の溶融については、「現代詩は絶対にポップ・アートみたいになりえない」とし、文学を擁護する。

鮎川にとって文学とは、現実を批判するものでなければならなかった。吉本が評価するサブカルチャーは、鮎川にとっては批判力を持ちえないということになるのだろう。しかし、吉本の論点は、文学の解体、すなわちサブカルチャー化する文学のあり方こそが現実に対する批判となっていると考えるのだから、両者はすれ違っていた。

両者の立場の違いが決定的な対立となるのは、二人の対談「全否定の原理と倫理」(「現代詩手帖」一九八五年八月)である。筆者はこの対談の企画者であり、編集者でもあったのだから、客観的に語ることは難しいものがあるが、この対談の背景をおさえることから、現在の時点で二人の対立点を考えてみたい。

対談は、埴谷雄高と吉本の論争を入り口に、現在をどう考えるか、という問題を軸に展開した。そして、最終部分で吉本が三浦和義事件を持ち出し、鮎川に異論をのべる。吉本は、鮎川の『マス・イメージ論』批判についての応答を考えていたのだろう。現在をどう考えるか、という問題について、三浦事件を契機に二人の対立が鮮明になった。三浦和義という個人の事件であるが、状況をめぐる両者の対立点が明確になるため詳述しよう。

三浦和義事件とは、その元妻がアメリカで殺され、被害者としてアメリカ政府に抗議するが、「週刊文春」の報道をきっかけに真犯人として疑われ、当時マスコミで大々的にとりあげられていた事件のことである。事件をめぐる報道が過熱し、テレビや当時新しいメディアとして影響力を持った写真週刊誌などが集中的に追跡し、三浦自身も応答したので、劇場犯罪と呼ばれ社会現象となった。

対談が行なわれた時点では三浦は逮捕されていなかったが、その後逮捕・起訴され、最高裁まで争うが、無罪判決が出て釈放される、しかし、二〇〇八年、観光で滞在したグアムでアメリカ司局に逮捕されてしまう。事件がアメリカでおこったためであるが、その裁判のためにアメリカ本土に移送される直前、獄中で自殺する。個人の事件であるが、メディアと社会の新しい関係を象徴し、対談で論じられる八〇年代の転換に関わる出来事だった。

鮎川は三浦が犯人であると事実上断定する発言を「週刊文春」や「現代詩手帖」で繰り返した。「三浦個人には興味がない」（「批評と刃」、「現代詩手帖」一九八四年七月）と記す鮎川は、三浦を告発するということよりも、真実を明らかにすることが批評の使命であるというのが信念だったのだろう。単行本になった吉本との対談集『全否定の原理と倫理』の後書で、彼は「殺人事件なら、下手人は法の裁きを受けなければならないはずである。私の見解はただそれだけのことを根拠としているにすぎない」と記す。そして最後に「あるいは私が間違っているかもしれない。が、いずれはっきりする」とダメを押す。鮎川のこの執拗なまでのクロかシロかへのこだわりに、私は、彼が一九四一年（二十一歳）の日記に「今日こそ街から帰ってN・Tの滅亡を予言することが出来る」と書いて、戦争と日本国の行末を確信したことを思い出す。「N・Tの滅亡」を見抜いたという確信、「一つの中心」をめぐる確信は、三浦をクロと評するこの問題でも同じだったのではないだろうか。

言葉によって、世界の中心をとらえうる、あるいはそのような言葉がありうるという確信は、鮎川の詩であり、思想であり、また体験（生涯）でもあったろう。戦争を越えて、国家体制がどのように変わろうとも、「一つの中心」を貫く言葉がありえるということが、鮎川信夫の根拠だったのではないだろうか。

〈一つの中心〉があるという考え方は、文学的にはロマン主義に回収される立場かもしれない。あるいは、グローバルな高度情報社会が実現した現在からすれば、アナクロニズムでしかないとも言える。しかし、個人が、歴史や社会を越えて、言葉によって世界を更新しうる、そのような詩が書きうるということを全否定することはできるだろうか。何度か書いたようにその言葉とは〈N・Tの滅亡〉のほか、〈荒地〉であり、〈遺言執行人〉などだった。中心をとらえる言葉を、実践的な、現実的な言葉として鮎川は発見してきたのである。

だがこの立場は吉本隆明と決定的に対立する。なぜなら八〇年代半ばに、吉本が思想的に行きついた場所は「重層的な非決定」というものだったからだ。「重層的な非決定」とは、吉本が埴谷雄高との論争の中で明らかにしたものだ。それを吉本は「「現在」の多層的に重なった文化と観念の様態にたいして、どこかに重心を置くことを否定して、層ごとにおなじ重量で、非決定的に対応するということです」(「海燕」一九八五年五月)と記す。この視点からすれば、鮎川の論点は単層的なものにすぎなくなる。三浦事件も「非決定的に」とらえるべきだと考えただろう。そして吉本の考えは、もしクロかシロかを問うならば、被疑者本人がやったと認めるか、明らかな確証がないかぎり、人を犯罪者として疑ったり断罪してはならないというものだった。

三浦事件と『資本論』を等価なものとして論じる、というのが吉本の「重層的な」あり方なのだから、三浦事件の中にも現在の課題が全て出ていると考え、本気で論じただろう。吉本は対談中では、三浦をクロと簡単に断罪してはならないとする背景に、戦争期に、無実の人が時代の風潮に反したために犯罪者とされた経験があると語る。しかし、今の眼から見れば、この時の吉本は、埴谷雄高・大岡昇平との論争を終えたばかりで、この問題にゆるがせにできないものを感じていたに違いない。というのは、その論争の発端は、吉本が反安保闘争のデモの際、追われて逃げ込んだ先がたまたま警視庁だったのを花田清輝がからかい、それを大岡が、吉本は警察のスパイだったと花田が書いたと誤って発言したことに端を発していたからだ。それは大岡・埴谷の対談の中で公開され(『二つの同時代史』岩波書店)、吉本は二人と版元である岩波書店に訂正を要求していた。つまり、被疑者をその主張に反して根拠無しに「有罪である」と外から断じることは、吉本にとっては「スパイである」と断じられることと同じ構造になる。吉本はそれを認めることはできなかったはずだ。

そして鮎川の一元論こそ、吉本にとっては乗り越えるべきものだったのではないだろうか。世界は重層的な決定／非決定の相のもとでなければとらえられないと考えていたのだから。だが、鮎川は、吉本の重層性では世界の核心はとらえられないと考えたはずだ。こうして、日本の戦後、戦争責任、スターリン主義をめぐる「核心」では応答していた両者は、八〇年代の高度資本主義に対しては対立することになった(吉本の「状況への発言」(「試行」六十七号、一九八七)では、もともと根拠が違っていたと書いている)。鮎川は、一元論を通し、消費社会を批判し、共産主義や日本の戦後を虚妄として論じた。自由と個人主義を擁護するその論調は、ともすればアメリカの新自由主義に近接していきさえする。共産主義にも日本の戦後社会にも見出せなかった可能性がそこにあるように考えたからだろうか。

おわりに

1

よく知られているように、「世界文学」という概念を最初に論じたのはゲーテである。一八二七年、エッカーマンとの対話の中で、国民文学と比較し、この概念を持ち出す。今や世界文学の時代が始まっているのだから、国民文学を脱して、他国民の文学を読み、世界文学へ向かう方向を促進しなければならないと主張するのだ（『ゲーテとの対話』岩波文庫）。当時まだ統一ドイツは発足していず、プロイセン王国を中心にベルリンを首都とするドイツ帝国が成立するのは一八七一年である。つまりゲーテの世界文学概念は、国民国家の勃興期に、国民文学とほぼ同時に生まれたことになる。

この〈世界〉という概念を骨身にしみて人々に知らしめたのは、言うまでもなく二つの世界大戦である。人類が初めて体験した総力戦である第一次大戦後に生まれたモダニズムの文学が、

〈世界〉という概念に呪縛されたのも当然だった。鮎川信夫の文学を世界文学として見れば、モダニズムが日本に越境しその影響下で生まれたものであるから、広く言えばその展開として考えることはできる。

彼が考え続けた〈世界〉も〈一つの中心〉も、近代的な思考法であることは間違いない。〈外なる私〉〈内なる人〉と内面に規範をつくり、律していこうとすることも、近代人の行為ではある。鮎川の世界を近代的なものとして、過去のものだと位置づけることもできるだろう。特に彼の書く啓蒙的な文章は、現代詩の若い時代が過ぎるとともに読まれなくなってしまった。それは当時の詩の書き手や読み手をどれだけ拡げただろうか。

もちろん、近代はスタティックなものではない。ハーバーマスを引くまでもなく、未完の運動として現代を問い続けてはいる。エメ・セゼール経由でモダニズムを通過したクレオール詩人エドゥアール・グリッサンの〈全 - 世界〉という概念は、動的に混交する多様体として、現代を新たにとらえようとする。〈世界〉や〈中心〉を、新たな文脈からとらえ直す思想はつねに生まれている。鮎川の中の近代も、近代のつくった制度――国家から文学までが問われている現在にあらためて考える必要があると考えてきた。『現代詩作法』、『日本の抒情詩』など、彼の書く「入門書」は、実は本格的な詩論で、いま読むと着想のみずみずしさに驚かされる。

しかし一番大事なことは、鮎川の言葉は戦争を通過した言葉であることだ。これまで書いたように、それをふまえないと彼の近代はただのドグマになってしまう。もちろん現代を生きる私たちには、日中戦争から総力戦としての第二次世界大戦への流れは残念ながらそう簡単には分かりえない。鮎川の書くものを読んでいると、戦争と日本人についていかに分かっていなかったか、いや、分かりようがないのかを思い知らされる。ただ、それは、渦中を生きた鮎川にとっても難しいものだったのではないだろうか。『戦中手記』や戦後の詩は、戦争と自分の死、そして仲間の死を、「理解」しようとした苦闘の結果だったはずだ。それはある意味で生涯にわたって続いた。彼は一生をかけて、戦争への「理解」を書き続けたとも言える。

鮎川には日本帝国の滅亡を確信し、入営したという個人的な事情があった。だから自分の戦争体験を特異なものと考え、それを伝え、「理解」されることはほとんど不可能だと考えていた。いま簡単に戦争体験の継承と言われるが、はたしてそれはどのように可能なのか。何ができたら継承したことになるのか。彼においても、戦争の本質は体験した同士でも難しいと嘆く。それゆえ彼は孤独であった。

だが鮎川は、どうあっても人に伝えようがないと思われた個人的な体験を、意味づけ、伝えなければならないと考えた。それは死者たちも含む、自分たちの詩的共同体の言葉が、時代を越えた普遍的なものを獲得していると確信したからだった。そして、自分の個人的な体験は伝わりようがないと考えたが、他者を媒介とすれば〈内〉と〈外〉、〈戦争〉と〈現在〉を架橋し、それが可能かもしれないことを発見した。つまり、森川義信という詩友の死を通してそれを行なったのである。鮎川は、森川の中に自分の影を見、自分からは見えない自分自身を、森川を鏡とすることによって見ようとした。それが可能だったのは、鮎川が父親の雑誌に関わることで、書く〈私〉と現実の〈私〉を切断することに習熟していたからだった。

それは、ごく単純化した言い方が許されるならば、個に内在する普遍を探る態度だったのではないだろうか。鮎川は、森川を媒介に個を掘り進むことによって、個を越えたものに出会った。それを、〈荒地〉と呼んでもよい。個を越えたものをつかんだ時、モダニズムから離脱することができた。『戦中手記』から戦後の詩の過程はそうした橋上の詩学の実践だった。

個と普遍は相反するものとして、しばしば誤解される。個に内在する普遍という概念は、自然科学においては常識でも、個と全体を対立するものとして見がちな日本の文学風土の中では見えにくくなってしまう。

ただ、個の中に普遍を探るのは、これもまた近代の方法ではある。鮎川は、それと自覚せずにその方法を選んだのかもしれない。しかし、〈個〉と〈普遍〉、鮎川の言葉では〈荒地〉との架橋は、容易に至れない難路であった。しばしば迷い、停滞する。それが鮎川にとっての〈詩〉だった。それはこんな詩行だ。

Mよ　いまは一心に風に堪え　抵抗をみつめて
歩いてゆこう　荒涼とした世界の果へ……
だが僕は最初の路地で心弱くもふりかえる

「僕はここにいる　君がいないところから
君がいるところへ行きつくために
ここにいる僕はここにいない」と……

（「アメリカ」部分、全集収録版）

Mの死を「理解」しようとして、個を越えた〈荒地〉をみつめ、そこへ行こうとする。しかし、「ここにいる僕はここにいない」と、容易には至れない。それは鮎川にとって普遍は詩の問題であるからで、たとえば〈荒地〉としか呼びようのない、超越的で混沌としたものをはらんでいた。鮎川の言葉が今も力を持つのは、自らの体験と〈他者〉や〈歴史〉を架橋しようとする時、個に内在する普遍を探る実践が〈詩〉として立ち上がるからではないだろうか。その過程は至る所にある。

日本の長い長い戦後。長い戦後を終わらせることができるのだろうか。戦争期にも戦後復興期にも、まだ表現されていないものが眠っているように思う。敗戦の際、なぜ玉音放送だけでいっせいに日本軍は闘いを止めたのか、私の理解を越えていたが（天皇制下の無責任体制（丸山眞男）とか軍の強制力とか、知識としては理解できるが、少数でも闘いを継続しようという者が出なかったのが理解できなかった）、鮎川の晩年のコラムで、日本人にはそもそも降伏という概念が無かったから地べたに座りこんでしまったのである、と書いている（『最後のコラム』文藝春秋、一九八七）

のを読み、手がかりをつかんだような気がした。有ったものを考えるのはたやすい。しかし、無かったものを「理解」することはきわめて難しい。鮎川が激しく〈荒地〉を希求したのも、それが無かったからだろう。

2

鮎川は一九八六年十月十七日急逝する。脳出血による突然の死の現場に居合わせた甥であり、現在小説家として活躍する上村佑は、追悼特集『さよなら鮎川信夫』（思潮社、一九八六年十二月）にその時の様子を書いている（「伯父の死」）。テレビ・ゲームをやっている最中に、気がつくとテーブルに顔を伏せた状態になって、「唐突な異常事態に」大声で叫んでいたという。意識がもどることのなかった鮎川の病院への移送、荼毘に付す手配などを担い、現在著作権継承者になっている彼は、鮎川の晩年を直接知る数少ない人間の一人だ。

あらためて晩年の様子をたずねる機会を設けた。彼によれば、亡くなる前に、「僕はあと十年、生きそうだよ」と語っていて、自分が死ぬとは考えていなかっただろうという。印象的だったのは、亡くなった後に初めて書斎に入って、その様子に「この人は本当に自分を処罰していたんだ」と感じたということだった。「六畳くらいの狭い部屋にベッドと机だけがあって、ベッドは、木の固い、狭いもので、そこに粗末な毛布がのっているだけ。空いている床に本が積まれ埃がたまっている。新しく世帯を持った時に伯父にいろいろなものを買ってもらった。「いいですよ。

こんなに贅沢なもの」と言っても伯父は「やっぱり人が暮らしていくのには、これぐらいのものは必要なんだよ。布団だって、ちゃんとした布団に寝なくちゃ」と言われたのに、部屋を見たらとんでもなかった。机なんか、ミカン箱の裏と変わらないような机だよ」。

この自室は、すでに書いたように鮎川自身が荒廃した部屋として書いている。彼の内・外の距離がいかに大きかったかを思うばかりだ。「少年から青年になる頃、果てしなく転落していこうとする僕の手を、最後までしっかりと離さず、支えてくれた」と上村は鮎川のことを記しているが（同）、鮎川は無償のものを周囲に与え続ける力を持っていた。吉本隆明の「交渉史について」（『戦中手記』解説、思潮社、一九六五）や私淑していた作家・河原晉也の『幽霊船長』（文藝春秋、一九八七）にそうした記述もある。

だが自分自身の生活は、どこかで放置していたのだろうか。健康保険にも長い間は入らなかったようである。自室の様子は、積年の放置の結果と言えるかもしれない。晩年の日記には、「体力の衰えを思うと、やはり時事に耐える力に不安を感じないわけにはいかない。詩と無沙汰になったことを考えると、時論と手切れになったとて何程のこともないはずである」と書いている（一九八六年八月三十一日）。体力の衰えについても自分では感じていたのだろうが、それを表に出すことはなかった。そして〈内なる人〉を全面に出す、新しい場所に向かおうとしていた。

鮎川が晩年に構想していたのは、ダンテの『神曲』論だった。このことを聞いた複数の編集者が試みたが実現しなかった。私も急逝の直前、「現代詩手帖」一九八六年七月号でダンテ特集を組み、彼の原稿を予定した。『神曲』については、すでに『荒地詩集一九五二年版』所収の「地獄の発見」で、地獄篇を中心に論じている。ボードレール、エリオットと比較しながら、『神曲』の中世的な地獄の概念を論じたものだが、この新しい『神曲』論の構想は、私の聞くかぎりではエリオットのダンテ論をふまえながら、媒介者としてのウエルギリウス、ベアトリーチェを軸に詩人と時代との関わりを論じる本格的なものだった。上村佑も、これから十年かけて『神曲』論をやると意欲を語っていたのを聞いている。ダンテ特集では締切の時点でインタビューも提案し、少しでも可能性を探ったのだが、鮎川は逆に少しでもここで書いてしまうと、とりかかれなくなってしまうから、と固辞した。実現をしていれば、戦争を通過しなければならなかった自分の生涯と関わらせた詩論として、鮎川の総決算となったと思われる。

結婚生活の秘匿などの事情とその死によって、鮎川の〈内なる人〉の探究は途上となってしまったが、複数の主体を移動しながら、経験における個と普遍の関係を再創造しようとする〈橋上の詩学〉は、現代においても新たな可能性を持っていると私は考えている。現代の多層的なコンテクストを詩として生成させる方法として、さらなる展開がありえるに違いない。

鮎川信夫詩作品年表・略年譜

本年表作成にあたっては『鮎川信夫全集』第三巻付録の「詩作品年表」、牟礼慶子編「鮎川信夫詩作品年表」（『鮎川信夫からの贈りもの』）、原崎孝編「著作目録」「年譜」（『さよなら鮎川信夫』思潮社、一九八六）、田口麻奈「全集未収録詩篇」（『現代詩手帖』二〇一〇年四月、二〇一二年八月）等を参照した。同題の詩には冒頭部分を引用した。

■一九二〇年（大正九）

八月二十三日、東京小石川・高田豊川町に生まれる。

■一九三三年（昭和八）　**十三歳**

早稲田中学校入学。

■一九三七年（昭和十二）　**十七歳**

早稲田第一高等学院に入学。詩を投稿しはじめる。

「LUNA」に参加。

寒帯　「若草」九月

黄昏（青柄のシャベルで……）「LUNA」七輯、十月

凍眠　「LUNA」八輯、十一月

黄昏（星座に灯が点り……）「若草」十一月号

金の果実　「LUNA」九輯、十二月

夕暮　「若草」十二月号

■一九三八年（昭和十三）　**十八歳**

「新領土」に参加。十四輯より「LUNA」は「LE　BAL」に改題（六月）。

・

扉の中「ＬＵＮＡ」十輯、一月

靴「若草」一月（筆名・伊原隆夫）

蠟燭の中――夜に「ＬＵＮＡ」十一輯、二月

落葉「日本詩壇」二月

漂泊者の哀歌「文芸汎論」二月

逃亡「蠟人形」二月

鼻――亜細亜の一部「ＬＵＮＡ」十二輯、三月

遊園地区「新領土」十一号、三月

船「若草」三月（筆名・伊原隆夫）

頌――亜細亜の一部「ＬＵＮＡ」十三輯、四月

河――亜細亜の一部「新領土」十三号、五月

霜咲く日「若草」五月（筆名・伊原隆夫）

樹「ＬＥ　ＢＡＬ」十四輯、六月

少年のスピイド「ＬＥ　ＢＡＬ」十四輯、六月

シャボン玉「若草」六月（筆名・伊原隆夫）

ギリシャの日傘「ＬＥ　ＢＡＬ」十五輯、七月

春の頌歌「文芸汎論」七月

夏のSouvenir（モクロジの木の下で……）「ＬＥ　ＢＡＬ」十六輯、八月

楽器の世界「ＬＥ　ＢＡＬ」十七輯、九月

夏のSouvenir（ボダイジュの下に机が……）「新領土」十七号、九月

田園の祭礼（ユリの花の下で……）「新領土」十七号、九月

室内（窓は明るい……）「ＬＥ　ＢＡＬ」十八輯、十一月

のどかな樹のある沙漠「新領土」二十号、十二月

田園の祭礼（レモン色の朝焼だ……）「文芸汎論」十二月

■一九三九年（昭和十四）　**十九歳**

第一次「荒地」創刊（三月）。

・

夢の使用時間「ＬＥ　ＢＡＬ」十九輯、二月

夢見る室内「ＬＥ　ＢＡＬ」十九輯、二月

唄「荒地」一輯、三月

名刺「文芸汎論」三月

白い像　「荒地」二輯、五月
カタストロフ　「新領土」二十五号、五月
睡眠　「新領土」二十五号、五月
非望の自転　（未完）「新領土」二十六号、六月
コンポジション　「文芸汎論」七月
椅子　（影をゆらせて……）「LE　BAL」二十輯、八月
魅入られた街　「新領土」二十八号、八月
雑音の形態　「新領土」三十号、十月
室内　（時空の瓶の底に……）「荒地」四輯、十一月
貝殻の墓場　「文芸汎論」十一月
黄昏の椅子　「LE　BAL」二十一輯、十二月

■一九四〇年（昭和十五）　**二十歳**

「LE　BAL」は二十五輯から「詩集」に改題（九月）。「荒地」は六号から「文藝思潮」と改題後（十二月）、刊行されなかった。

十二月の椅子　「新領土」三十三号、一月
（無題）　森川義信宛に郵送された詩、二月
形相　（一本の茎は……）「LE　BAL」二十二輯、四月
砂と椅子　「文芸汎論」四月
形相　（おそらくは実らぬ……）「新領土」三十七号、五月
雨をまつ椅子　「LE　BAL」二十三輯、六月
形相　（ドアの外では……）「LE　BAL」二十四輯、八月
雨の歌　「新領土」四十号、八月
昊　「文芸汎論」八月
形相　（髪は散る……）「新領土」四十一号、九月
陰翳　「新領土」四十二号、十月
泉の変貌　「詩集」二十五輯、十一月
椅子　（海をみたのは……）「文芸汎論」十二月

■一九四一年（昭和十六）　**二十一歳**

囲繞地　「新領土」四十六号、三月

椅子（ドアはなかば……）「文芸汎論」四月
不眠の賓客 「文芸汎論」八月
神《こころ》（ゆく人よ……）「意匠」十二月
神《こころ》（庭は荒れて……）「文芸汎論」十二月

■一九四二年（昭和十七） **二十二歳**

「詩集」は「山の樹」、「葦」と統合（一月）。森川義信、ビルマで戦病死（八月）。早稲田大学を繰上卒業（九月）。青山の近衛歩兵第四聯隊に入隊（十月）。

・

神々 「詩集」五月
雨に作られし家 「詩集」九月

■一九四三年（昭和十八） **二十三歳**

スマトラ島に移送（五月）。

・

橋上の人 「故園」二号、五月

■一九四四年（昭和十九） **二十四歳**

結核のためスマトラより内地送還（五月）。福井県の軍の療養所に入る。

■一九四五年（昭和二十） **二十五歳**

療養所内で『戦中手記』を書く（二月）。外泊後、退所願いを郵送。敗戦を福井県大野で迎える。

・

鏡 三好豊一郎制作による冊子、四月

■一九四六年（昭和二十一） **二十六歳**

耐えがたい二重 「新詩派」七月
トルソについて 「新詩派」八月
日の暮 「純粋詩」十号、十二月

■一九四七年（昭和二十二） **二十七歳**

第二次「荒地」創刊（九月）。

・

死んだ男 「純粋詩」十一号、一月

病院船室　「ゆうとぴあ」五輯、三月
姉さんごめんよ　「純粋詩」十五号、五月
　→『荒地詩集一九五二』〈あなたの死を超えて
　I〉に改稿
アメリカ　「純粋詩」十七号、七月
LOVE SONG　「ゆすらうめ」三号、十月
鳥　「季節風」二号、十二月

■一九四八年（昭和二十三）　**二十八歳**
　結婚し、短期間で離別（十一月）。
・
白痴　「荒地」二巻一号、一月
秋のオード　「詩学」一月
一九四八年　「純粋詩」二十三号、一月
橋上の人　「ルネサンス」九号、六月
天使　「詩学」七月

■一九四九年（昭和二十四）　**二十九歳**
落葉　「造型文字」三十二号、五月
繋船ホテルの朝の歌　「詩学」十月

■一九五〇年（昭和二十五）　**三十歳**
　この年、「純粋詩」同人の佐藤木実と同居。
・
淋しき二重　「詩歌殿」三月

■一九五一年（昭和二十六）　**三十一歳**
　『荒地詩集』一九五一年版刊行（八月）。以後五八
　年まで続く。
・
裏町にて　「詩学」七月
橋上の人（Ⅷ連新稿）「文学51」七月
プロスペロの歌　「演劇」九月
Le Cirque（「レジェの「ル・シルク」に寄せて」
　に付す）「美術手帖」十月
　→『荒地詩集一九五二』六月
夏過ぎて　「現代詩研究」十二月

■一九五二年（昭和二十七）　三十二歳
夜と沈黙について　「詩学」一月
あなたの死を超えてⅡ・Ⅲ　『荒地詩集一九五二』
六月
あけてください、どうか　「詩学」十一月
今日のなかの昨日と明日　「詩学」十一月
白い夕陽　「詩学」十一月
↓改題　夕陽　『荒地詩集一九五四』

■一九五三年（昭和二十八）　三十三歳
十一月、父藤若逝去。
・
鷗　または夏の手紙　『荒地詩集一九五三』一月
競馬場にて　『荒地詩集一九五三』一月
天国の話　『荒地詩集一九五三』一月
「なぜ？」について　『荒地詩集一九五三』一月
夜の終り　『荒地詩集一九五三』一月
消えゆく水平線（病院船室一九四四年）「詩学」
六月
出港（病院船室一九四四年）「詩学」六月
海上の墓　『詩と詩論』NO.1、七月
神の兵士　『詩と詩論』NO.1、七月
港外　『詩と詩論』NO.1、七月
サイゴンにて　『詩と詩論』NO.1、七月
なぜぼくの手が……　『詩と詩論』NO.1、七月
遥かなるブイ　『詩と詩論』NO.1、七月

■一九五四年（昭和二十九）　三十四歳
明るいキャフェーの椅子　「詩学」一月
この街に生れて　「群像」一月
紫檀　「詩学」一月
ある男の風景　『荒地詩集一九五四』二月
可愛いペニイ　『荒地詩集一九五四』二月
木枯の町にて　『荒地詩集一九五四』二月
水平線について　『荒地詩集一九五四』二月
小さいマリの歌　『荒地詩集一九五四』二月
冬物語　『荒地詩集一九五四』二月
この涙は苦い　『詩と詩論』NO.2、七月

シンデンの海　『詩と詩論』NO.2、七月
父の死　『詩と詩論』NO.2、七月
深いふかい眠り　『詩と詩論』NO.2、七月

■一九五五年（昭和三十）　三十五歳

『現代詩作法』（四月、牧野書店）
『鮎川信夫詩集一九四五―一九五五』（十一月、荒地出版社）

・

逃げるボールを追って　「文章倶楽部」一月
「バルセロナ」　『荒地詩集一九五五』四月
兵士の歌　『荒地詩集一九五五』四月
イシュメエル「白鯨」より　『鮎川信夫詩集一九四五―一九五五』十一月
波と雲と少女のオード　『鮎川信夫詩集一九四五―一九五五』十一月
もしも　明日があるなら　『鮎川信夫詩集一九四五―一九五五』十一月

■一九五六年（昭和三十一）　三十六歳

喪心のうた　「群像」四月

■一九五七年（昭和三十二）　三十七歳

『抒情詩のためのノート』（一月、共著、ひまわり社）

・

ある記念写真から　「詩学」一月
三月の詩　「東京新聞」三月一日夕刊
→改題　最も暗い月、三月　『荒地詩集一九五七』
春のいぶき　「五年の学習」四月
秋思　『荒地詩集一九五七』十月

■一九五八年（昭和三十三）　三十八歳

最所フミと結婚（五月）。

・

さあ、五年生　「五年の学習」四月
登山　「五年の学習」八月
高原にて　「小学六年生」九月

おちばの季節　「五年の学習」十二月
さざなみは海を渡っても　『荒地詩集一九五八』十二月
夏を送る即興詩　『荒地詩集一九五八』十二月

■**一九六〇年**（昭和三十五）　**四十歳**
きぼう　「五年の学習」一月
わが心の鳥たち　「ジュニアそれいゆ」五月

■**一九六一年**（昭和三十六）　**四十一歳**
『現代詩鑑賞』（九月、飯塚書店）
・
落葉樹の思考　「読売新聞」十一月三日夕刊

■**一九六三年**（昭和三十八）　**四十三歳**
『橋上の人』（三月、思潮社）
・
戦友　「文藝」四月
世界は誰のものか　「現代詩手帖」五月

■**一九六四年**（昭和三十九）　**四十四歳**
『鮎川信夫詩論集』（五月、思潮社）

■**一九六五年**（昭和四十）　**四十五歳**
『鮎川信夫全詩集一九四五―一九六五』（九月、荒地出版社）
『戦中手記附戦中詩論集』（十一月、思潮社）
・
もう風を孕むこともない　『鮎川信夫詩集一九四五―一九六五』九月
ある冬のはじめに　「文藝」十二月

■**一九六六年**（昭和四十一）　**四十六歳**
『詩の見方――近代詩から現代詩へ』（十二月、思潮社）
・
苦しさにたえかねて　「早稲田大学新聞」一月六日号

吐く息の　「詩学」一月

二月のうた　「朝日新聞」二月一日夕刊
→改題　川岸にて　『現代詩文庫・鮎川信夫詩集』一九六八年四月

呪婚歌　「現代詩手帖」四月

■一九六七年（昭和四十二）　**四十七歳**

異聞　「現代詩手帖」三月

夏への挨拶　「読売新聞」六月十一日朝刊

■一九六八年（昭和四十三）　**四十八歳**

『鮎川信夫全詩集一九四五―一九六七』（二月、荒地出版社）
『現代詩文庫・鮎川信夫詩集』（四月、思潮社）
『日本の抒情詩』（四月、思潮社）
『一人のオフィス――単独者の思想』（七月、思潮社）

新年に　『鮎川信夫全詩集一九四五―一九六七』二月

冷たい雨　『鮎川信夫全詩集一九四五―一九六七』二月

春の感触　『鮎川信夫全詩集一九四五―一九六七』二月

路上のたましい　『鮎川信夫全詩集一九四五―一九六七』二月

別離のうた　『現代詩文庫・鮎川信夫詩集』四月

生き残った者のためのエピタフ　「現代詩手帖」六月

■一九六九年（昭和四十四）　**四十九歳**

路上のたましい　「異神」創刊号、三月
→改題　途上　「都市」二号

11号に贈る詞　「読売新聞・日曜版」七月六日
→改題　アポロ11号に贈る詞　『鮎川信夫著作集1』一九七三年八月

催涙広場　「今週の日本」七月二十日号

■一九七〇年（昭和四十五）　五十歳
新聞横丁「都市」二号、四月
顔のない夢「都市」二号、四月
帰心「文藝春秋」八月
閉ざすうた「詩学」八月
首の桶「小説新潮」九月
路上のたましい「早稲田大学新聞」十月二十九日号
↓改稿・改題　愛なき者の走法『鮎川信夫著作集1』一九七三年八月

■一九七一年（昭和四十六）　五十一歳
『歴史におけるイロニー』（六月、筑摩書房）
『鮎川信夫詩人論集』（九月、晶文社）
『鮎川信夫自撰詩集一九三七―一九七〇』（十二月、立風書房）
生証人「別冊小説新潮」十月

■一九七二年（昭和四十七）　五十二歳
My United Red Army「早稲田文学」七月
どくろの目に「別冊小説新潮」十月
宿恋行「文藝春秋」十二月

■一九七三年（昭和四十八）　五十三歳
この年より『鮎川信夫著作集』（思潮社）刊行開始。
『厭世』（十一月、青土社）
詩法『鮎川信夫著作集1』八月
風景『鮎川信夫著作集1』八月（一九四八年前後の稿か）
地平線が消えた「早稲田文学」九月

■一九七四年（昭和四十九）　五十四歳
Solzhenitsyn「現代詩手帖」一月
同行者「別冊小説新潮」一月
醜のヴィジョン「磁場」創刊号、五月

女尊の祟り　「ユリイカ」七月

■一九七五年（昭和五十）　**五十五歳**

暗い夜への信号　「現代詩手帖」一月
寝ていた男　「現代詩手帖」五月

■一九七六年（昭和五十一）　**五十六歳**

死について　「短歌」六月
消息　「文芸展望」七月
波間の郷愁　「詩の世界」七月
私信　「現代詩手帖」八月

■一九七七年（昭和五十二）　**五十七歳**

『新選現代詩文庫・鮎川信夫詩集』（六月、思潮社）

・

Who I Am　「現代詩手帖」一月
こんな夜には　「海」五月
帰館　「磁場」十二号、八月
撃刀の歌　「現代詩手帖」八月
理想の良人　「現代詩手帖」十一月
愛　「ユリイカ」臨時増刊、十二月
秋の祈り　「抒情文芸」十二月

■一九七八年（昭和五十三）　**五十八歳**

『宿恋行』（十一月、思潮社）

・

詩がきみを　「現代詩手帖」一月
夢ちがい　「文學界」二月
必敗者　「海」五月
いまが苦しいなら　「無限ポエトリイ」八月
僊術　「現代詩手帖」八月
跳躍へのレッスン　「サンケイ新聞」九月二日夕刊
ミューズに　「ユリイカ」臨時増刊、十月

■一九七九年（昭和五十四）　**五十九歳**

父　「現代詩手帖」一月
廃屋にて　「海」五月

ひょっとすると　「詩と思想」五月
水のうた　「アート・トップ」六月
形相　「現代詩手帖」八月
ある朝の散歩で　「磁場」十九号、九月
幸福論　「朝日新聞」十一月一日夕刊

■一九八〇年（昭和五十五）　**六十歳**
『鮎川信夫全詩集一九四六―一九七八』（十月、思潮社）

・

冬のファントム　「現代詩手帖」一月
黒田三郎　「ユリイカ」二月
独白　「文藝」二月
病床の友へ　「文學界」三月
颪　「海」五月
影　「海」五月
切願　「文藝春秋」六月
青い手紙　「現代詩手帖」八月
室内楽　「毎日新聞」八月十五日夕刊
嵐が来る　「ユリイカ」臨時増刊、十一月
老年について　「日本経済新聞」十二月七日朝刊
駅前通りを抜けて　「日本経済新聞」十二月十四日朝刊
家族のフロンティア　「日本経済新聞」十二月二十一日朝刊
ジョン・レノンの死に　「日本経済新聞」十二月二十八日朝刊

■一九八一年（昭和五十六）　**六十一歳**
時間論　「現代詩手帖」一月
殉教　「現代詩手帖」四月
私信　「海」五月
往路　埼玉県立与野高校生徒ホールのレリーフ、六月
000年　「現代詩手帖」九月
山を想う　「別冊・一枚の絵」Vol.4、十月

■一九八二年（昭和五十七）　**六十二歳**

『吉本隆明論　鮎川信夫論』（一月、共著、思潮社）
『失われた街』（十二月、思潮社）

・

海の変化　「現代詩手帖」一月
風景論　「朝日新聞」一月三日朝刊
夕日のつぶやき　「文學界」一月

■一九八三年（昭和五十八）　**六十三歳**

公開の場で詩を十年やめると発言（九月）。

■一九八四年（昭和五十九）　**六十四歳**

『私のなかのアメリカ』（一月、大和書房）

■一九八五年（昭和六十）　**六十五歳**

『時代を読む』（四月、文藝春秋）
『疑似現実の神話はがし』（六月、思潮社）

■一九八六年（昭和六十一）　**六十六歳**

六月、母幸子逝去。以後、甥の上村佑方が連絡先になる。
十月十七日、脳出血のため、上村佑宅で倒れ、そのまま息を引き取る。

編注

鮎川のテクストは『鮎川信夫著作集』、『鮎川信夫全集』（ともに思潮社）により、必要に応じて初出を確認した。テクストの異同は本文中に記した。引用は、仮名遣いは原テクストをいかしたが、読みやすさを考え、促音は小さくし、漢字は新字に改めた。「荒地」については、雑誌や作品のタイトルとしては「荒地」と記し、概念としてのそれを意味する場合、〈荒地〉とした。補足を［ ］で示した。

参照文献は本文中に記したが、長田弘『困難な時代の詩人』（ゴルゴオン社、一九七三）、芹沢俊介『鮎川信夫』（国文社、一九七五）、瀬尾育生『鮎川信夫論』（思潮社、一九八一）、吉本隆明『鮎川信夫論　吉本隆明論』（思潮社、一九八二、鮎川との共著）、中井晨「鮎川信夫と「新領土」」（「言語文化」、二〇〇〇-二〇一〇ほか）、宮崎真素美『鮎川信夫研究』（日本図書センター、二〇〇二）、田口麻奈「「兵士の歌」と水平線」（「日本近代文学」七十九号、二〇〇八）ほかの研究論文、成田昭男『塹壕と模倣』（幻原社、二〇一一）、北川透『現代詩論集成1　鮎川信夫と「荒地」の世界』（思潮社、二〇一四）などの鮎川信夫を論じた著作に負うものがあった。伝記的事実は、鮎川の著作、日記、手紙のほか、田村隆一『若い荒地』（ちくま学芸文庫、二〇〇七）など「荒地」同人の著作や資料集（和田博文監修『コレクション・都市モダニズム詩誌』第Ⅱ期（ゆまに書房、二〇一一-一四）など）、牟礼慶子の『鮎川信夫――路上のたましい』（思潮社、一九九二）、『鮎川信夫からの贈りもの』（思潮社、二〇〇三）などの著作や年譜に依拠した。参照した未発表の日記は、一九四五（一葉のみ）、一九七九-八三、八六年である。

あとがき

本書は、鮎川信夫が自ら構築し続けた〈鮎川信夫〉の位相と、その詩的方法を解き明かそうとした試みの書である。このことにはもちろん戦争体験が関わっており、鮎川の詩と批評は、構築と歴史の中で新たに読み直されるべきと考えている。本書がその一助となれば幸いである。

本書で繰り返し書いた彼の言葉、〈世界〉や〈中心〉は、詩を論じる際にいまではあまり使われない。しかし、日本語と日本社会が今後激しく流動化せざるをえないことを考える時、詩を基軸となる概念から問い直していくことは重要になるだろう。その時、鮎川信夫の言葉は召還されると思っている。

鮎川信夫と直接仕事をしたのは、私が「現代詩手帖」の編集を始めた一九八一年である。増刊「現代詩の実作」をはじめに、最後の詩「海の変化」、『失われた街』の連載、関連の特集や時評（『疑似現実の神話はがし』として単行本化）の仕事、連続して行なわれた吉本隆明との対談など、多くの仕事に関わった。亡くなるまでの数年間、毎月のように仕事が続いた。

それゆえ、突然の逝去の衝撃は大きかった。継続中の企画や構想していた仕事は、中断されたまま私の中に残った。その時私はとだえてしまった対話を続け、鮎川信夫を探さなければ、と思った。しかし逝去直後に明らかになった最所フミとの生活など、新たな事実やテクストの発見があいつぎ、全体像を見極めるのに困難を覚えた。それから長い時間が過ぎてしまった。

はじめて鮎川の姿を見たのは、学生時代に行った著作集完結記念の講演会だった。少年時代に文学を乱読したが、日本の小説のヤワな〈私〉に飽き足らず、現代詩の言語の森に分け入った時に、鮎川の詩と出会った。それ以来、その詩と批評を追いかけたが、初めて見た詩人の姿はさすがに大きく見えた。その時はこのような本を書くとは夢にも思わなかったが、詩人を探って行けば行くほど、その「必敗」のあり方も含めて、発見はあった。

この本は多くの方にお世話になった。インタビューに応じてくださった故加島祥造氏、日記などを読ませていただき、証言もいただいた上村佑氏、関連資料について便宜をはかってくださった神奈川近代文学館、貴重な意見をくださった八木忠栄氏、遅れに遅れた原稿を受け止めて対応してくれた思潮社編集部の髙木真史氏、遠くから励ましてくださった小田久郎氏など、感謝はつきない。

本書カバーと表紙の写真は、写真家の上田義彦氏が撮られた作品である。一九八六年の「現代詩手帖」で、巻頭に「トピカから始まる」という、インタビューと写真で構成される連載を企画した。「トピカ」とは、アリストテレスの著作のタイトルにもなっているが、ラテン語で場所（ギリシャ語ではトポス）を意味する。詩人の創造の場について私が聞き手となり、上田氏の写真と構成する企画だった。肖像写真とインタビュー、いわば身体と声という詩人の「現場」を誌面に登場させることによって、詩を語ることに新しい展開をはかりたいという意図があった。鮎川の回の掲載は一九八六年十月号、逝去の前月刊である。詩人を上田氏のスタジオまで案内し、撮影した時間は鮮明に記憶に残っている。本書刊行にあたって、装幀の間村俊一氏とともに上田氏のスタジオを訪ね、その貴重な写真を拝借した。上田氏のご好意と間村氏の装幀の手腕にお礼を申し上げる。

本書は詩誌「ミて」での連載「鮎川信夫と三つの戦後」（一〇二号、二〇〇八年四月より連載中、ミて・プレス刊）が原型となっている。もとの原稿は改変され一部に使用されているだけだが、長期間鮎川について考えることができた。「ミて」編集人として本書にも助言したくれた詩人・新井高子に感謝する。

本書が詩との新しい出会いに役立つことを願ってやまない。

二〇一六年四月

樋口良澄

樋口良澄　ひぐち・よしずみ
一九五五年東京生まれ。「現代詩手帖」、「文藝」などの編集に携わり、
岩波書店編集部を経て、現在、関東学院大学国際文化学部客員教授。
主な著書に『唐十郎論』、『木浦通信』（吉増剛造と共著）など。

鮎川信夫《あゆかわのぶお》、橋上《きょうじょう》の詩学《しがく》

著者
樋口良澄《ひぐちよしずみ》
発行者
小田久郎
発行所
株式会社 思潮社
〒一六二—〇八四二 東京都新宿区市谷砂土原町三—十五
電話〇三（三二六七）八一五三（営業）・八一四一（編集）
FAX〇三（三二六七）八一四二
印刷所
三報社印刷株式会社
製本所
小高製本工業株式会社
発行日
二〇一六年七月一日 第一刷 二〇一六年十月一日 第二刷